青 音

美合子 著

陕西新华出版传媒集团
太 白 文 艺 出 版 社

图书在版编目（CIP）数据

青音 / 美合子著. -- 2版. -- 西安：太白文艺出版社，2017.9（2022.1重印）
ISBN 978-7-5513-1220-2

Ⅰ. ①青… Ⅱ. ①美… Ⅲ. ①短篇小说－小说集－中国－当代②散文集－中国－当代 Ⅳ. ①I217.2

中国版本图书馆CIP数据核字（2017）第180123号

青音
QING YIN

作　者	美合子
责任编辑	李　玫
封面设计	美合子
版式设计	前　程
出版发行	陕西新华出版传媒集团 太白文艺出版社
经　销	新华书店
印　刷	三河市华东印刷有限公司
开　本	850mm×1168mm　1/32
字　数	166千字
印　张	10.5
版　次	2017年9月第2版
印　次	2022年1月第2次印刷
书　号	ISBN 978-7-5513-1220-2
定　价	38.00元

版权所有　翻印必究
如有印装质量问题，可寄出版社印制部调换
联系电话：029-81206800
出版社地址：西安市曲江新区登高路1388号（邮编：710061）
营销中心电话：029-87277748

序　言

一曲青音尽余欢

李玉和

曾几何时，在古城长安的夜晚，青音过后，为我留下的便是一抹微笑……

那一夜，我在"垂钓斋"里听青音，或许你在"青音阁"里弹青音。那一夜，青音使我睡得比黑夜更早！

我已踏上艺术的这条不归之路，探究此道，便知不通艺理，不晓性情，徒有技法手段者，不俗即匠。故而，我秉着敬畏虔诚之心，去对待文学与艺术，始终追寻陈寅恪先生所倡导的"独立之精神，自由之思想"。

今见之美合子即将付梓《青音》之文集，欣然翻阅，却不肯罢手，索性一气读完，甚感其乐无穷。因为她笔下不仅有东方上古时期的玄妙之理，而且有西方钢琴键盘上舒伯特的《摇篮曲》《小夜曲》等曼妙之音。语言生动，构思精巧。情节精彩，内容丰富。总使我觉得她是位古怪精灵、时尚风趣，且带有三分野性的小资之女。可作为"九〇后"的她，能有如此自由思想的造化文笔，让我总惊叹道："天赋其才令人美，地予其能令人慕，人成其就令人敬！"正所谓："道无先后，达者为尊。"

天下之学，皆奉"真善美"为宗旨。余以为，大千世界，唯令人可敬的便是真才实学者。应美合子嘱言，为其《青音》作序，实感惶恐，难以谢绝。故，今斗胆提笔作之此文，就当今夜再听一曲青音，尽我心欢。愿与君同乐，共勉！

是为序。

写于2013年12月10日夜　垂钓斋

目 录

序言/1

【四三拍】

蛋糕物语/1

伊莎/49

轮回三生望棠梨/69

某一天,我仍会想念/82

风尚女王/102

紫禁城外缘不尽/138

【四二拍】

"在线动物"养成法/157

这个女孩值得被精致地对待/161

与蟑螂哥奋战到底/166

与爱情无关的"我爱你"/170

小时光/174

中秋小偷/178

亲情需要 DIY/182

处女座节奏/186

吝啬老头不吝啬/190

享受间隔年/194

福利院的小铁路/198

《甄嬛传》的星座秘事/202

听不完的故事/206

日本记之学校趣闻/210

日本记之我的寄宿家庭/214

"背诵"要从孩子逼起/218

水晶之恋/222

九月里的神秘部队/228

思棋/232

"九〇后"女孩的恋爱梦/235

捣蛋生归来/240

想念，也是一种陪伴/244

无奈的罚款单/247

寒冬里的老乞丐/251

重口味+小清新/255

减肥专业户/258

写给我的黄儿/263

这些年，你们一起追过的雍正/267

温泉人/271

爱情三十六计/274

在忙碌中孤独地享受生活/278

老爹难懂女儿心/283

幼儿园成长史/286

舌尖上的回民街/291

那年六月/294

巧克力上的钢琴曲/298

红指甲/302

这一夜，舒伯特与我为伴/305

好色/308

柬埔寨的"脏"娃娃/312

闻香识女人/320

后记/325

四三拍

蛋糕物语

【楔子】

鹅黄色的墙壁上挂着十多个蓝白色相框组成的照片墙,正中的相框里放着国家二级心理咨询师证书,四周围绕的相框中则清一色放着各国蛋糕的照片。

我看着她站在房间内靠墙放置的紫水晶洞前,唠唠叨叨、指手画脚。大约二十多分钟,她转过身子坐在我面前:"何曼儿,你发明的这招真有效!"

我将事先准备好的美国特浓布朗尼蛋糕推至她的面前，又倒了杯桃汁："等等，说出烦恼后吃些甜食，你的精神状态会好很多。"

我不是让她等等再吃，她的名字叫等等，邓等等。邓等等是我的好闺蜜，同时也是我的一位病人。她的婚姻不错，老公对她百般宠爱，可她总是感觉孤独。三年前我去参加邓等等的婚礼时，司仪刚说出"董东东先生，你愿意娶邓等等女士为妻吗"这句话时，邓等等的老公便激动地抱起她，热泪盈眶。在场的人都说董东东和邓等等是郎才女貌、天作之合，不仅门当户对，连名字都配。

"你该嫁给一个做蛋糕的男人！"邓等等挖了一块儿面前的蛋糕，抬头看着浅蓝色的屋顶抱怨，"我当初怎么能因为家里人天天催，就随随便便找个不讨厌的人嫁了？"这是邓等等一直烦恼的问题。她始终认为，在完成结婚这样神圣的事情前，双方必须爱得死去活来、天崩地裂、海枯石烂。我说，她在做中国梦。

恋爱是两个人的事情，你必须找一个能让自己小心肝"扑通扑通"乱跳的男人；而婚姻则是两个家族的结合，得到两家人的祝福，彼此适合才是最重要的。

【壹】

我跟随着一个名叫 Mr. Kim 的男人，落座于一处靠窗的角落，安静又惬意。落地窗上挂着白色镶金边的窗帘，窗外是露天的阳台，铺着精致的木地板。

服务员递过皮质封面的菜单，菜品没有标价，而是写着中英双语。我看看坐在对面的他，他熟练地点了罗宋汤、一份菲力牛排以及提拉米苏，我则点了一份沙拉。他穿着银灰色的修身西装，香水是我所不熟悉的味道，指甲修剪得整齐洁净，衬衣上没有打领带，而是系着一条光泽柔和均匀、明亮却不刺眼的丝巾。

"先生，请问牛排要几分熟呢？"

"三分。"

他嘴角稍稍朝上抬起，轻轻点头回答。当对上我略微诧异的目光时，他的笑容逐渐变得明朗，有些不好意思却又落落大方地说："抱歉，在国外上学的时候习惯了，三分最嫩。"

"你用的是什么香水啊？"

"不提也罢，法国当地的小众品牌。"

吃饭期间，我注意着他的一举一动，每一个细节他都做得很优雅。刀叉轻放却不指向我，拿起餐巾在嘴唇与嘴角处轻点几下，那油渍便顺从地贴附在餐巾上。

"你知道提拉米苏的意思吗？"他将服务员端上的甜点推向我和他的中间。

我盯着盘中的提拉米苏，薄薄的可可粉下藏着香浓丝滑的奶油，而奶油中间则是类似巧克力蛋糕般的慕司。我是一个视甜品如生命的女人，然而吃了这么多年的提拉米苏，竟从不知道它还有自己的含义。看向他湖水样的眼睛，我瘪了瘪嘴巴，示弱，摇头。

"提拉米苏的意思是……"他身子前倾，调低音量，用一种极其性感又魅惑的声音对我道，"带我走。"

"走你妹儿呀，金二柱，打电话不接发短信不回，弄了半天搁这儿私会狐狸精呢！"一个健壮的女人穿着大红绸缎的连衣裙忽然出现在我们的桌旁，她肚子上的米其林轮胎一个摞一个，两条肥硕的大腿相互挤着、蹭着，右手五个手指带了蓝、黄、黑、红四颗宝石戒指，加上大拇指上的翠玉扳指，凑起来活像呈一字排列开的奥运五环。

那女人一把拧起他的耳朵，鼻子上前粗鲁地嗅了嗅，操着一口东北音大喝："瞧你那熊色样儿，又喷老娘的六神！"

"哎呀，恁白动，恁白动，疼！"他蹦出一口河南话。

我目瞪口呆地看着眼前的一切，对面的他哪里还有方才的优雅，俨然变成一个求饶的龟孙子。那女人头一甩，怒瞪圆眼看向我，接着从自己粉黑相间的蕾丝小挎包里掏出一把毛爷爷，狠狠地砸在我身上，轻蔑地用鼻孔对我道："俺是个有素质、有品位的女人，不和你计较！"

我挠挠头尴尬地看着这一幕，只见那女人女王范儿十足地把小包递到他面前，他连忙点头哈腰地接过，跟着那女人左摇右摆的肉臀顺从地离开。

【贰】

每天在自己的工作室见着不同的病人，他们大多是来咨询婚姻情感问题的。当然，这些年因为职场压力、亲子沟通障碍问题，前来咨询的人也越来越多。不过关于感情，尤其是爱情，我始终认为，如果一生之中有必要相遇终究是会遇到的，但如果遇不到就说明彼此之间没有必要相遇。无论是否情愿，该发生的事情总是会发生。

"曼儿，给你介绍的 Mr. Kim 怎么样？海归派，特绅士！"邓等等的电话响起。

"你说那个从驻马店来的只吃三分带血牛排的金二柱？"我哭笑不得。

"什么情况？"邓等等在电话那头一愣，随后"咯咯"地笑出声，"相亲对象再优秀，也比不上你心里的那个人。"

"打住打住！今天下午约了三个男人相亲，同一个地方，四十分钟一场，每场之间休息二十分钟，见完给老娘交差。"我干脆地打断邓等等，不愿提及心里的那个人。

"车轮战啊姐们儿，牛！"

挂掉电话，我不自觉地点开手机相册，翻出一张十年前的合影。照片上的我笑得没了眼睛，而旁边的男生则是冷静地站在那里，没有一丝表情。我伸出食指，撇着嘴戳了戳屏幕上的那个男生。

下午两点，我的第一个相亲对象，他迟到了。

"你迟到了十七分钟。"我的脸色有些不好，我这个人在等人方面是最没有耐心的。

"不好意思啊。"他多眨了几下眼睛，伸手拿过桌上的玻璃杯喝了几大口水，兴许是灌得太快，他开始对着我猛咳嗽，两只手握成拳头砸着桌子，唾沫星子呈喷射状落在我的脸颊、鼻尖和嘴唇上。

我皱起眉头，麻利地从包里掏出纸巾递给他，示意他捂着嘴巴咳。他接过纸巾捂着嘴咳了一会儿，又上移至鼻子，擤了两筒鼻。

第二个相亲对象看起来很斯文，他穿着波点衬衣，点了一块草莓蛋糕。

"你有房吗？"他问我。

"一套一百平方的，我自己住。还有一套小户型，租出去了。"

"车呢？"他又问。

"十几万的车，代步工具。"

"哦。"他若有所思地点点头，投来探寻的目光，"那你愿意养我吗？"

前两场不靠谱的相亲让我昏昏欲睡，我付了那块草莓蛋糕的钱，换了一个座位坐下。手机备忘录上记录着今天三位相亲男的信息，我查看着接下来的一位。他的名字叫杜云杰，是位西点师。我对这个职业很有好感，于是撑着下巴幻想起他的样子。能够做出精致西点的男人，在生活中一定很细心，也很有品位。从包中拿出小镜子，我轻轻补了一层粉，又拿出一支带着珠光的口红浅浅地在嘴上涂着。

"你好，是何曼儿吗？"一个带笑的问候声打断了我的思绪，我回过头，来人穿着橙色的格子衬衣，笑容很暖。

杜云杰有一家自己的蛋糕店，店名叫"故事"。他告诉我每一份甜品都有属于自己的故事，所以他的蛋糕店卖的不仅仅是甜品，还有不同的故事。

"提拉米苏的含义是'带我走'，有这个说法吗？"我想起先前相亲的金二柱，在心里悄悄地笑了。

"是'记住我'的意思。"杜云杰灿烂地笑着为我讲了一个简短的故事，"提拉米苏最早起源于男人上战场前，心急如焚的女人因为没有时间烤制精美的蛋糕，只好手忙脚乱地随意混合了鸡蛋、可可粉、蛋糕条等做成粗陋速成的点心，再满头大汗地送到男人的手中。女人挂着汗珠，闪着泪光递上的食物虽然简单，却甘香馥郁，满怀着深深的爱意。所以提拉米苏的含义是'记住我'。"

【叁】

一阵浓郁的Dior"毒药"香水味传来，我不需要抬头便知道肯定是邓等等那丫头。她蹑手蹑脚地轻轻走向我的办公桌，我故作没有察觉她的到来，继续低头看书。当她正准备吓我时，我却抢先一步抬头对她道："闭嘴啊。"

她显然被吓了一跳，拍了拍胸口，不满地朝我办公室的沙发上懒散地一靠，跷起二郎腿，脚上蹬着一双亮闪闪的银灰色尖头高跟鞋，活像把水产店的带鱼踩在了脚下。邓等等看到我盯着她脚上的鞋子，忽然一副扬扬得意的样子。

"《来自星星的你》看过吧？这是千颂伊同款，都敏俊教授最爱的高跟鞋。"邓等等伸直腿，把那只带鱼脚冲着我，"董东东送我的，为此我还淘了一件大韩民国男神Rain的同款T恤送他。"

"同样的T恤，有的人穿着像Rain，有的人穿着像闰土。"我摇摇头。

"何曼儿，你要是对自己的病人这么毒舌，他们早晚会离开心理咨询室转进精神病院的。"

我看到邓等等放在茶几上的纸袋子，里面装着各式各样的甜品，随即讨好地坐在她身边："谢谢我们的等等美女，就知道你最爱我啦。"

"少来！"邓等等拉过茶几上的纸袋子，将里面的甜品一个个儿地摆出来。

"这是哪家的，做得好精致啊。"我拿起其中一杯抹茶奶豆腐放在眼前端详，瓶身的包装纸上印着一个关于抹茶奶豆腐的故事。

"'故事'你都没听过？"邓等等瞪大眼睛看着我："亏你还是个顿顿不能离开甜品的女人。"

我茫然地看着邓等等，随后拿起茶几上的纸袋，只见纸袋上赫然印着两个大字：故事。纸袋下方写着总店和分店的地址以及营业时间，晚间至十一点。

"总店在中心广场，还有一个分店，最近这个店的甜品特别流行，中心广场什么时候都排着长队，我可是等了半个小时才买到的。"邓等等拿起一块融合了樱桃的酸、奶油的甜、巧克力的苦以及樱桃酒的醇香的黑森林蛋糕，用小叉子剜下一大块塞进口中，接着不住地点头称赞。

晚上十点五十的中心广场亮着华丽的路灯，许多餐厅已经打烊。

"丁当，今天要是柠果慕斯剩下了，你就打包当夜宵吧。"蛋糕店内一个男声响起。

"谢谢老板！"叫丁当的女生甜甜地笑了。

我远远地看到"故事"还亮着暖黄色的灯光，店外装修是砖红配着松树绿，给人一种走入童话中的感觉。拉开店门，玻璃柜中的蛋糕只剩下三块，蓝莓芝士、柠果慕斯以及提拉米苏。

"您好，请问您需要什么？"玻璃柜后站着一个可爱的小女生，穿着红白色的工作服，笑起来脸上带着两个小小的酒窝。

"提拉米苏。"我开口，随后又连忙改口，"柠果慕斯吧。"

"曼儿？"男声再次响起，"丁当，她的柠果慕斯算我的。"

"哦。"丁当嘟着嘴包好我的柠果慕斯。

提着"故事"的蛋糕礼盒，我和杜云杰在中心广场找了一处长椅坐下，远处还有一些摆地摊的小商贩。我打开蛋糕盒子，轻轻剜了一小块放入口中，凉凉的，入口即化。杜云杰起身让我稍等片刻，我莫名其妙地看着他走向远处的那些商贩。

暖软的晚风相伴，橙黄色的外表，细腻滑润的口感，浓郁的杧果味轻轻触动着我的味蕾，我喜欢这样惬意的感觉。

杜云杰出现在我面前时，手里拎着一双软底的深咖啡色拖鞋，他将拖鞋放在我的脚旁边，示意我脱掉脚上那双金色的细高跟。一阵暖意涌入心间，他接过我手中的杧果慕斯。

"杧果慕斯其实还有一个很浪漫的名字。"杜云杰看着换鞋的我。

"我不知道。"我抱歉地笑笑，穿上平底鞋后，双脚舒服了许多。

"法兰西情人。"

【肆】

杜云杰打电话告诉我，蛋糕店每天九点营业，如果我想要跟他一起学做蛋糕，可以七点去店里。我欣然答应，于是约了他第二天一早在中心广场店见。

这一天，我五点便从被窝爬起来，洗澡化妆，在衣柜里挑来拣去。初见杜云杰时，从他的言谈举止以及装扮来看，我猜测他应该是个很追求感官享受同时又相对比较保守的男人，所以田园风的荷叶绿色碎花连衣裙大概会吸引他的眼球。从衣柜里取出衣服时，我忽然很欣慰自己是一名心理咨询师。但是十年前的那个他，无论我如何猜测他的心思，讨他的欢喜，他始终对我冷冷淡淡，或许终究是没有缘分。没有在一起的缘分，没有相爱的缘分，即便你掌握了他所有的喜好、习惯，他的心依旧不会为你所动。

早晨七点的中心广场，匆匆地行走着几个男女，杜云杰已经在店门口等候我了。他穿着黑衬衣，衬衣上隐隐地印着花纹，我忍不住多看了他几眼。他告诉我，今天的早餐是维也纳巧克力杏仁蛋糕。我大喜，连忙拿起一旁柜子上的围裙，跃跃欲试。

"帮我打两个鸡蛋，不要蛋黄。"杜云杰顺手递给我一个小盆。

我将鸡蛋打入盆中，从旁又找了一只空碗和勺子，用勺子舀起蛋黄时，蛋黄滑落盆中，烂了。杜云杰看着我连续浪费了三个鸡蛋后，着实忍不住摇摇头。他重新拿了一个干净的小盆，将其中一个鸡蛋打入盆中，接着又拿了一个空瓶子，对着蛋黄快速一吸，蛋黄和蛋清便轻而易举地分离开来。他又拿起一个鸡蛋，用筷子在尖部敲了一个小洞，轻轻地将蛋清倒入小盆中。

"哇，居然有这么多种方法可以分离蛋清蛋黄啊。"我两眼放光地看着杜云杰的侧脸。

"你长脑袋就是为了显个儿高吗？"他斜睨我。

"那你是因为脑袋不好才干体力活吗？"我不甘示弱地顶回去。

他"扑哧"一笑，伸手捏了捏我的脸。我看着杜云杰熟练地将融化的黄油倒入混合面糊中，有节奏地搅拌后将它们均匀地倒在烤盘上，接着将烤盘放入事先预热过的烤箱中，设置了二百度，二十分钟。杜云杰告诉我，烤蛋糕的温度很重要，如果发现烤出来的蛋糕顶部下陷、内部粗糙，就证明温度过低；如果蛋糕顶部过度隆起，甚至中央部分有开裂现象的话，就是温度过高了。男女之间的感情也如此，把握好温度，才会有最完美的爱情。我帮他取来黑巧克力放入微波炉软化，蛋糕从烤箱出来后，我们将巧克力液涂抹在蛋糕上部，大功告成后将其放入冰箱冷凝大约十分钟。

等待期间，杜云杰问我早餐要喝什么，他来现榨。

"有没有推荐的，可以搭配这款蛋糕的饮品。"

"茴香黄瓜汁。"他答。

"啊？这能喝吗？"我半张着嘴。

"一把茴香，半根黄瓜，两个胡萝卜。有提神、减肥和提高免疫力的功效。"他顿了顿，又道，"或者……"

"喝！"女人听到"减肥"这个字眼儿，总是很亲切。

从冰箱里取出凝固的蛋糕，撒上糖粉后切片装盘，此时的时间正好是八点。杜云杰将蛋糕、果汁放在托盘上，端去店里的就餐区。我迫不及待地拿起叉子品尝自己参与制作的蛋糕，蛋糕外层的黑巧克力伴随着雪白的甜粉在舌尖处缓缓融化，轻轻咀嚼后，蛋糕中的杏仁香味充满了我的味蕾，配上清新爽口的果汁，这顿早餐实在是一种享受。

"维也纳巧克力杏仁蛋糕起源于奥地利的帝国酒店，它是当地最好的一家贵族酒店。1873年的时候，糕饼师傅做出了这款蛋糕。"杜云杰边吃边为我介绍。

"那这款蛋糕有什么含义吗？"

"含义是'甜蜜的问候'，所以很适合今天早上啊。"杜云杰再次露出灿烂的笑容。

我被这极其暧昧的气氛烘托得有些不知所措，感觉脸上微微发热。我不敢抬头看他，低着头一口接一口地吃着他给我的甜蜜问候。手机忽然震动了一声，我划开屏幕，点开那条未读信息。是郑尧。他问我，最近好吗？

八点半的时候，伴随着一阵悦耳的风铃声，蛋糕店的门被推开了。我和杜云杰同时侧头望去，是之前在店里见过的那个有酒窝的小女生。她看到我们，显然吓了一跳。

"早上好。"她打了招呼后，盯着我看了片刻，开始做自己的事情。

"她是丁当，我的得力助手。小姑娘平时挺热情的，可能一大早还没睡醒呢。"杜云杰回头又看了一眼正在打扫的丁当。

我强烈地感觉到丁当喜欢着杜云杰，因为她看我的眼神中充满敌意。员工陆续来到店里，我谢过杜云杰的早餐后离开。

【伍】

郑尧来到我的工作室，他看任何东西都觉得稀奇有意思。一会儿摸摸我办公桌上的红幽灵水晶球,一会儿又把头探进靠墙放置的紫水晶洞中发出怪声。我倒了一杯桃汁递给他,他摇了摇玻璃杯,享受地闻了闻,而后将杯子放在唇边轻轻抿了一口,接着大口喝下杯中的桃汁。

"这么多年了,你的习惯还是没变。"我看着郑尧,我知道他喜欢喝桃汁,更喜欢像品酒一样喝桃汁。郑尧是一个创意无限、天马行空的男人,他在意你的时候会变得很逗趣,相反则冷若冰霜。

"还没找男朋友吗?你年纪不小了。"郑尧下意识地舔了舔嘴唇。

"你知道的,我太过于追求完美,所以容易被剩下。"我无奈地笑笑。

"跟我结婚吧。"郑尧挑了挑眉毛,等待我的回答。

十年了,我跟郑尧认识十年了,他始终对我淡漠。距离上一次见面,已经时隔三年。三年前,郑尧兴冲冲地来到我的工作室,问我许多有关处女座女人的爱好、习惯等等,并且咨询了如何与性格乖巧的女孩子相处的问题。那个时候,我自作多情地以为我们就快在一起了,不料几天后,郑尧带来一个文静的女孩儿。他对女孩儿说:"航啊,这就是我跟你说的那个妹妹何曼儿，要不是她跟我讲你们女生心里的小九九，我还不知道怎么才能把你追到手。"

女孩儿有点儿害羞，轻轻推了郑尧一下，齐刘海儿乖巧地搭在两眉上。我从来没见过郑尧有这样开朗的一面，心里生出了许多不明的滋味。郑尧忽然将脸转向我："对了何曼儿，你是什么星座？"

我不知道此时该不该回答这个问题，犹豫着是告诉他真相还是随便说一个星座掩盖过去。在我准备开口时，郑尧的手机响了。他挂掉电话，一把搂过那个叫航的女孩儿，说是朋友的车已经到了楼下。女孩儿临走时回头多看了我几眼，我掩饰住自己内心的不安，朝她微笑。

"我跟你合不来。"我看着郑尧，平静地笑，眼里略带讽刺。

"那你是什么星座？"郑尧又喝了一口桃汁。

"处女座。"我字正腔圆地告诉他。

"难怪，原来和航一样。"他沉默了片刻，好似在努力回忆着什么，良久，郑尧再次开口："以前的事儿，对不住。但是希望你能考虑一下，我等你。"

郑尧走后，我靠在办公桌前，两只手不自觉地抚摸着桌面上的水晶球。我不知道郑尧为什么要选择跟我结婚，他不爱我，这是肯定的。他是那种宁可不结婚也不会找一个不爱的女人以婚姻来束缚自己的，郑尧这么做，到底为什么。但是不得不承认，当他说要跟我结婚时，我心里竟偷偷地窃喜了一阵。

下班后，我来到中心广场的蛋糕店。碰巧遇到在店外排队的邓等等，她叫住了我。看到我有些木讷，盯着她呆呆的。

"你这是没有男人滋润的表情吗？"邓等等好笑地看着我。

"我可能马上结婚了。"我回过神，一脸严肃认真地告诉她。

"开什么玩笑？谁能比过你心里的郑尧？"邓等等的表情很夸张。

"现实中的郑尧。"我开口："可是……他不爱我。"

"曼儿！"

我回过头，看见杜云杰穿着蓝色的格子衬衣向我走来。邓等等小声问我这是谁，我说是蛋糕店的老板，邓等等的眼睛立刻闪着光，白嫩的手攒成拳头做了个"加油"的手势。

"来捧我的场?"杜云杰笑嘻嘻的。

我将邓等等和杜云杰相互介绍给对方,随后,杜云杰将我们带进店内办公室。他的办公室装修得很清爽,浅绿色的壁纸,奶白色的欧式办公桌,桌上放着水晶复古台灯。墙壁一侧挂着金属酒架,一瓶红酒,几个高脚杯,将整个办公室点缀得很有味道。

"想吃什么?"杜云杰居高临下地看着坐在沙发里的我们。

"今天过来就是买北海道戚风蛋糕的,特别馋。"邓等等不客气地说。

"蓝莓芝士吧。谢谢啦。"

杜云杰让我们稍坐便离开办公室。邓等等大喜,她说自己以后再也不用排队买蛋糕了。我瞥了她一眼,摇摇头。在知道我和杜云杰是通过那次家里安排的相亲认识之后,邓等等更加激动,劝我赶紧丢弃郑尧投奔杜云杰的怀抱。她从包里翻出一坨杂物,像是一堆纠缠着的彩色绳子,上面零零碎碎挂着些小东西。

"何曼儿,你听我说,这个东西叫作'捕梦网',希望你能够找到一个彼此深爱又非常适合结婚的男人。就当这是在做中国梦好了,但是你现在有了'捕梦网',你的梦都会实现。"邓等等将这个东西在空中理顺后郑重地交到我的手上,我端详了一阵儿,是一个渔网样的挂饰。

"你的花样可真多。"我收下捕梦网。

"这是《继承者们》当中的车恩尚同款!"邓等等激动得眉飞色舞,"董东东送我的。"

我呆滞地望了邓等等一眼,或许她心里其实是爱着董东东的,只是不自知罢了。人们往往在处理他人问题时,智商基本接近爱因斯坦,一旦到了自己的问题,智商多数不及格,少数会打折。

不多会儿,办公室的门被敲了两下,叫丁当的小姑娘端着白色的托盘。托盘上有两个欧式印花小碟子,分别放着蓝莓芝士和戚风蛋糕。丁当将蛋糕从托盘中取出,放在桌子上,又将餐巾纸包着的叉子重重放下,嘟着嘴瞥了我和邓等等一眼。

"杜总让二位先吃,他亲自给你们榨果汁。"丁当的话里夹杂着不满,尤其是"亲自"这个词,她几乎咬牙切齿地吐了出来。

待丁当走后，邓等等捧腹大笑，乐得直摇头，上气不接下气地对我说："曼儿，看到没，你的情敌，这小姑娘是你的情敌呀！"

杜云杰端着一杯木瓜生姜汁放在邓等等面前，递给我一杯樱桃汁。邓等等张着嘴惊恐地看了看她的饮品，又用怀疑的眼神扫过我和杜云杰的脸。

"木瓜配生姜？喝下这个我还有命吗？"

"上次我喝的茴香黄瓜汁，还不错。"

"木瓜生姜汁是抗癌防衰老的，尝尝。"杜云杰看着邓等等，耐心讲解。

我端起蓝莓芝士，放一小块在口中，酸甜细腻，齿颊留香。于是好奇地问杜云杰："关于蓝莓芝士，有故事吗？"

"当然！芝士蛋糕源自古希腊，后来由罗马人传到欧洲，一般有蓝莓芝士、蜜豆芝士、大理石芝士和樱桃重芝士……"杜云杰停住，犹豫地拿起托盘上的纸巾轻轻地擦了擦我嘴角旁不小心蹭上的蓝莓酱，这个暧昧的动作一丝不差地记录在邓等等放光的双眼中。杜云杰接着说："其实蓝莓芝士是一款关于过往和遗忘的蛋糕。"

"那正适合你，多吃点儿！"邓等等听后用胳膊肘碰我，又朝杜云杰挤了挤眼睛。

【陆】

  昨天从"故事"蛋糕店临走时，杜云杰又递给我了一小盒蓝莓芝士。他告诉我，关于过往，记住其中幸福的时刻便好，人总是应该看向未来。

  窗外已经大亮，阳光星星点点地从米白色的纱帘外照进房间，亲吻着我的面庞。手机震动了几声，我起身拿过，是郑尧。

  "开门，我在门口。"郑尧在电话里催促。

  我惊讶地连忙说"稍等"，挂了电话后，我用最快的速度从衣柜中挑出一件简洁大方的连衣裙套在身上，趿拉着鞋子冲进洗手间洗脸、刷牙、喷香水、擦润唇膏，前后时间不过七分钟。用手整了整头发，平了呼吸，我微笑着开门。门外黑漆漆一片，没有郑尧的人影。低头，门口放着一束蓝色妖姬。我松了一口气，蹲下身子抱起那束花。被染了蓝色的玫瑰花，花身上沾着密密麻麻的银粉，在自然光的照射下，绚丽夺目。

我将花束放在桌子上，从中抽出卡片。上面一笔一画地写着：晚上八点半，中心广场见。

放回卡片后，我发现自己的手上、衣服上都沾着亮晶晶的银粉，皱着眉头站在阳台上清理了许久。脱去衣服，洗澡，擦干头发。我重新擦了护肤品，重新喷了香水，换了衣服。没有见到郑尧本人，我承认自己的确有丝失落。

照常来到办公室，刚打开电脑便有快递在门口。快递员手里捧着一束白色的香水百合，是杜云杰寄来的。我一边纳闷儿，一边抱着百合花，抽出其中的卡片。卡片是鹅黄色的，字很漂亮亦有力道。上面写着：晚上一起吃饭，我去接你。

我将办公桌左上角的琉璃花瓶拿过，取出瓶中枯萎的白色百合花，换了水，将杜云杰寄来的这束花一枝一枝地插进去。我拿出手机发信息给杜云杰，告诉他自己今天手头事情很多，他遗憾地回复我，改天好了。我又犹犹豫豫地打电话给郑尧，问他下午怎么安排的，他说，知道我爱吃甜点，想请我去中心广场一家名叫"故事"的蛋糕店。

"要不然来我工作室吧，买过来一起吃也可以啊。"我不想拒绝郑尧的好意。

"没问题！"

一天的时间过得很快，郑尧说，他八点左右就能过来。我坐在椅子上过一会儿便照照镜子，看看脸上的妆容有没有花，口红的颜色又是否选得搭配。

郑尧来的时候穿着一身休闲T恤，牛仔中裤，他的怀里抱着一大袋子蛋糕。这应该是我们最近的第二次见面，他明显友善了许多，我的心也放轻松了下来。郑尧将袋子里的蛋糕一一摆放在茶几上，随后拿起其中一块递给我。是维也纳杏仁巧克力蛋糕，我不禁想起那天和杜云杰的早餐。

"怎么了？"郑尧见我有些走神。

"没有，就是特别喜欢这款蛋糕。"我笑笑，掩饰了自己的尴尬。

"我女朋友也很喜欢。"他随口说出，又连忙改口，"啊，不是，前女友。"

我和郑尧聊了许多以前的事情，后来他在我工作室茶几下方的抽屉里翻出一盒塔罗牌。他依然对新奇的事物充满着兴趣，我问他要不要测一测，他满口答应。

熟练地洗牌、切牌，郑尧坐在我对面很认真地选了一张牌。开牌后，牌位上显示的信息是"正位愚者"。郑尧测的是爱情，正位愚者的解读则是毫无目的地前行，明知是错误的选择却依旧一意孤行，结果是失败。

"这是什么意思？"郑尧拿起面前那张牌，牌面上一个穿着华丽衣服的年轻人正走在悬崖边，年轻人左手拿着玫瑰，右手拿着包裹，四处流浪。

"嗯……正位，正位是说结果终究是好的。"我撒了谎。

和郑尧一起离开工作室，在楼下他又忍不住问我结婚的事考虑得怎么样，他的家人已经在催了，我抿着嘴不知如何答复。视线从郑尧脸上移向别处，我竟看到了坐在楼下休闲椅上的杜云杰，他的身旁好似还放着便当。

正想要拉过郑尧去别的地方说话，杜云杰却看到了我们。他朝我挥了挥手，我看了看郑尧，又看了看不远处的杜云杰，心中忽然有种做贼心虚的感觉。

"他是谁？"郑尧的好奇心驱使着他盯着朝我们走来的杜云杰上下打量。

"一个朋友。"我简单回答。

"刚忙完，饿了吧，我做了你爱吃的。"此时，杜云杰走到我们面前，将手中的便当拿起示意。

我接过杜云杰的便当，心中不知如何是好。这两个男人说白了和我都没有关系，但若是深究又都有着扯不清的关系，一个是过去，一个可能是未来，我站在原地狠狠地皱眉。

【柒】

靠在工作室水绿色的沙发上，我的眼睛瞟向茶几下方的抽屉。忽然来了兴致，我从抽屉里那精美的雕花盒子中取出塔罗牌。从头至尾，每一步我都做得小心翼翼。

答案是：离别。

我爱的人在不久之后即将离开。

郑尧会离开我吗？他不是要跟我结婚吗？很多疑问从心底生出。我决定用人为的力量去改变测试出来的命运，改变我和郑尧最终失败的结局。郑尧选择我作为他未来的爱情，这个选择是错误的，然而那天我却告诉他终究会有好的结局，所以我决定将全部的精力放在郑尧身上。并且，阻止他未来的离开。

和郑尧接触的一段时间里，我发现他平时是个很清闲的人。每天在广告公司里面混混日子，有案子了便去酒吧和同事们探讨一些创意，小心翼翼不出差错便好。家里给他买的有房子，也有车，郑尧并不需要付出太多的努力依旧可以过得不错。然而杜云杰却和郑尧相反，那晚郑尧先行离开，我抱着杜云杰送来的便当与他简单地聊了几句。杜云杰是个有梦想的人，他连续几年都在考巴黎的蓝带厨艺学院，这是世界上第一所、也是规模最大的西餐和西点人才专业培训学校。如果能够获得蓝带勋章，未来自然不用说。

周末，郑尧打电话来说要给我一个惊喜，他的车就停在楼下。我在衣柜中选了一条玫红色的挂脖收腰连衣裙穿上，那是两年前逛街时偶然遇到的。服装店一共进了两条这样的裙子，据说在我之前，另外一条刚被一对儿情侣买下。这条裙子在衣柜中挂了许久，我始终没有勇气穿出来，因为颜色太过绚丽。

盘起头发，挎着一个浅金色的水纹包，我微笑着走向郑尧的车。拉开车门坐在副驾驶位，郑尧一直愣愣地盯着我看。我被他看得有些不好意思，于是打趣道："没见过美女啊？"

他尴尬地笑了笑，踩下油门驶向目的地。

"我们家可能要移民去加拿大。"车子遇到红灯停下时，郑尧忽然看着我。

"啊？挺好的，恭喜你！"我咬了咬嘴唇。

"在这之前，跟我结婚吧。"郑尧再次开口。

"郑尧，我没有见过这样逼婚的。你爱我吗？"我问了一句每个傻女人都会说的话。

"我也正在努力去爱你。"说这句话时，郑尧眼睛看着远方，没有焦点，好似看到了又或者想起了什么人，而后微微挑起嘴角，安心地笑了。

我想起那晚的塔罗牌，我说过要阻止郑尧未来的离开，用人为的力量改变这固有的命运。郑尧在我过往的二十多年中占据了十年时光，如果我将这段过往变成现在和未来，那么，我将是这一生陪伴他最最长久的女人。

陪伴，是最深情的告白。

车子停在一家酒吧门口，郑尧解开安全带，看着一动不动的我道："怎么了，还不下车？"

"我答应你。"

"我就知道你会答应。"

郑尧为我解开安全带，拉开车门。他牵过我的手一起走进酒吧，酒吧里的灯忽然暗了下来，只有一个投影布亮着光。忽然有女声响起，在读着屏幕上的一段文字。那段文字很青涩，很真挚，也很熟悉。

"郑尧，我们第一次见面是在KTV。你的人缘看起来真的很好，和所有认识的、不认识的人都能打闹成一片。不知道你记不记得坐在角落里默默存在的我……我一直……"

那是我高中时给郑尧写的情书，他还留着。女声继续念着那封情书，黑暗中我听到四周有"窸窸窣窣"的讨论声，还有时不时的笑声。郑尧紧紧地拉着我的手，我感觉自己的脸滚烫滚烫的，心中的不安与愤怒一点点在升腾。一个女孩子的隐私，埋藏心底许久的秘密就这样被曝光在一群不认识的人面前，这就是郑尧给我的惊喜吗？

灯亮了，郑尧拽着我走向屏幕前，屏幕上放着我高中时的照片，戴着眼镜穿着校服呆呆的，和今天的我比起来，俨然是丑小鸭变白天鹅。我看到酒吧里坐着一群陌生人，那是他的朋友们。当他们看清我时，都吃了一惊，我不知道为什么。

郑尧拿着话筒，挑起嘴角看向我："何曼儿，谢谢你默默地陪伴了我整整十年，也谢谢你今天答应我，将会陪伴我往后的几十年。"

紧接着，吵闹的摇滚乐忽然响起，郑尧的朋友们欢呼着一拥而上，各自拿起话筒开始和他唱歌。我从他们中间别扭地抽身，在酒吧角落的沙发上坐下。桌子上放着许多酒，我平时从不喝酒，可是今天却想要灌醉自己。一杯接着一杯，旁边坐着的几个女孩儿频频回头看我，她们好似在议论着什么。

"你认识马航吗？"其中一个女孩儿走过来坐在我身旁。

"见过一面，他的前女友。"我放下酒杯，略带嘲讽，"怎么？"

"我只是觉得很巧合。"女孩指了指我的裙子，"郑尧曾经在这家酒吧跟马航求过婚，那一天我们都在，马航穿着和你一模一样的裙子。"

"你什么意思？"我放下酒杯，语带火花。

"你误会了，我只是觉得应该告诉你。那天马航和你一样也坐在角落的沙发上，一个人喝闷酒。她不太合群，和我们这些人也玩不到一起。后来马航自己走出酒吧，我们没有一个人注意到她。"女孩儿顿了顿，"后来她出了车祸，现在依旧在医院。"

"呵……没有失联就好。那是失忆还是下半身瘫痪，或者是植物人？拍韩剧哪？你怎么不告诉我结婚当天郑尧被告知马航是他失散多年的亲妹妹或者同父异母的姐姐？"我句句带刺，眼眶有些湿。

"我没有必要欺骗你，同为女人，只是不想你活得太糊涂。"她起身离开，走了一步又回头看向我，"郑尧他……不爱你。"

【捌】

从酒吧离开，大约是晚上十一点左右，我不知不觉地走到中心广场的长椅处。天空划过刺眼的闪电，紧接着响起了雷鸣。郑尧没有来电话，兴许他根本没有注意到我的离开。别林斯基说过："爱情需要合理的内容，正像熊熊烈火要用油来维持一样，爱情是两个相似的天性在无限感觉中的和谐的交融。"合理的内容？相似的天性？这两点在我和郑尧之间都不存在。

我脱下脚上的高跟鞋，双脚踩在冰凉的地面上。一手拎包,一手提着高跟鞋向路边走去。身后忽然有人抢过我手里的高跟鞋,而后将一身酒气的我拦腰抱起。我在那人的怀中用尽全力挣扎着,跳到地上,盘起的长发丝丝滑落下来,搭在脸的两侧。天空中硬币大小的雨点忽然一个接着一个砸在我的肩膀上,它们顺着肩膀向下滑落。

杜云杰再次强行将我抱了起来,我依旧从他怀里挣扎出来,来来回回三四次。

"你要被淋得全身湿透,感冒高烧博得那个男人的同情吗?如果是这样,我走了。"杜云杰在雨中对我大吼,我第一次见到这样的他。

雨水打在杜云杰的眼睛上,随着他眨眼的动作,落在地面上。看着面前狼狈不堪的他,还有他面前更加狼狈的自己,我忽然扯起嘴角笑,笑着笑着又开始抽泣。莎士比亚说对了,爱情不过是一种疯。

疯劲儿过了,你必须要面对的,那是现实。

杜云杰将车开到我面前,从车里拿出一条毯子包住我,然后将我塞了进去。他打开暖风和座位加热,为我系好安全带。我蜷缩在座位上,把头埋在毯子里,只露出两只眼睛看着窗外。窗外恰巧有一对儿吵架的男女,男人打着伞转身离去，留下站在雨中的女人。我的酒劲儿慢慢过去，头脑清醒起来。

"爱情对于男人不过是身外之物吧？"我调整了坐姿，侧过身子看着开车的杜云杰，杜云杰一副若有所思的表情。

"可是爱情对于女人却是整个生命。"我又开口。

"车后座有甜品，吃点儿甜的心情好。"杜云杰对我笑笑，他的靛青色衬衣仍然湿漉漉的。

"你怎么只知道给我喂食啊。"我忍不住笑出声，想想每一次和杜云杰的遇见，都是在吃东西。

"我所理解的爱情，就是不能让爱情中的女主角饿肚子和不开心。吃饱了，有了好心情才更有体力和精力去爱。"

我伸长胳膊拿过车后座的纸袋，从中翻出一盒摩提，盒子旁挂着一个小卡片，上面写着关于摩提的来源。我打开车内的照明灯，认真读着卡片。摩提是日本传统贵族的甜点，更是庆典和应季的必备食品，它的寓意是永恒的健康快乐。

"怎么不问我，反倒自己看起来了？"杜云杰看着我将一个蓝莓摩提一口吞进嘴中，毫无原来淑女的样子。

"我有眼睛。"我的嘴里塞着那薄薄的冰皮糯米以及混合着奶油的蓝莓馅料，发出"嗡嗡"的声音，惹得杜云杰哈哈大笑。

"笑什么？你吃不吃？"我又拿起一个樱花摩提，朝他摇摇手。

杜云杰"啊"的一声，张开嘴，伸过他的脑袋，但眼睛依旧看着前方的路。我将那圆乎乎的摩提使劲儿塞进他的口中，紧接着听到他发出难过的"嗡嗡"声："你的嘴怎么那么大！"

车子开到楼下，我让杜云杰上楼吹干头发，喝点儿热乎乎的东西再走。如果因为我，杜云杰第二天病倒了，那我才是真的过意不去。

家里收拾得很干净，我拉开厨房门，准备煮一些热粥给他。

"《甜点制作大全》？你还看这种东西啊？"杜云杰拿过一本书也走进厨房，我连忙夺过那本书放在一旁。

"连蛋清蛋黄都不会分离的女人，煮出来的粥能喝吗？"

我将杜云杰推出厨房，命令他去洗手间吹干头发。说实话，煮粥确实是才学的，认识了杜云杰后我才开始对烹饪产生兴趣。我将土豆、葱、姜洗净切好，又将土豆煮开后在其中加入大米,最后加入姜丝、葱段和少许枸杞。香味渐渐飘出,我关掉火。厨房门再次被杜云杰拉开,我舀了一勺放在嘴边吹了吹,让他先尝尝。

杜云杰喝下那勺粥后,皱眉,接着咳嗽,冲向水池边像是要呕吐的样子。我吓得连连拍他的背,小心翼翼地问:"有……有那么难喝吗?"

"你们家有老鼠吗?拿它灭老鼠吧!"杜云杰继续在水池边作呕。

我面露难色地舀了一勺子粥,吹了吹放进嘴里,品了品,不难喝呀。再回头看向杜云杰时,他已经笑得前仰后合。我不顾形象地朝他大声嚷嚷,举起手中的勺子作势要打他,他却一把握住我拿勺子的手。我仰着头,嘟着嘴没好气地盯着他,气氛忽然变得暧昧起来。

"你知不知道,孤男寡女在这样一个狭小密闭的空间里是很容易出事的?"杜云杰的声音忽然压低。

"你想怎么样?"我不甘示弱,挑衅地看向他。

"我想……这样。"

杜云杰另一只手揽过我的腰,让我紧紧地贴在他的身上,接着他的嘴巴就覆盖住我的嘴巴,试探性地轻吻着。

我听见自己手中勺子落地的声音,还有窗外雨点打着玻璃的声音以及我们的呼吸声。我感觉自己的心跳很快,一声一声地传入耳中,好像还有什么东西在心里轻轻地挠着,于是呼吸变得越发急促起来。

"这样不行!"我用力推开杜云杰,塞了把红色的雨伞给他,"你走,我爱的不是你。"

【玖】

杜云杰走后,我坐在沙发上,方才的一幕在我脑海中一遍又一遍地回放着。郑尧始终没有打来电话,这个男人办的Party,女主角早已走了,他竟然毫无察觉。

次日,我睡到日上三竿,头从枕头上离开时还沉得厉害。郑尧发信息说他昨晚喝大了,还问是不是我开车把他送回家的。

坐在办公室里,我无心工作,除了在想杜云杰,还有那晚的女孩儿所说的关于郑尧前女友的事情。我突然很后悔没有留下那个女孩儿的联系方式,至少她一定知道马航住在哪家医院。

杜云杰打电话来绝口不提昨晚的事儿，他只说今天蛋糕店不营业，他和总店与分店的员工一起去做公益，问我要不要来，我答应了。做公益这种正能量、积福德的事情，多做自然是好的，帮助别人的同时自己也能收获温暖。

我随杜云杰一行人来到一家儿童福利院，他们将每个月的二十一号称为"爱心甜品日"，会提前做好许多甜品到各大医院、养老院和儿童福利院去派发。在儿童福利院时，许多可爱的孩子围着我们和那几个蛋糕箱子。在他们眼中，我看到的只有无忧无虑的欢乐和笑意。我将箱子中那些五颜六色的马卡龙点心分给孩子们，他们抓在手里，边吃边笑。

"宝贝们，甜不甜？"杜云杰左手抱着一个孩子，右手还拉着一个。

"甜！"孩子们齐声回答。

"甜不是因为你们手里的食物，而是因为有你们这个漂亮阿姨在。"杜云杰和所有孩子齐刷刷看向我。

"漂亮阿姨，你是叔叔的老婆吗？"一个小男孩忽然拉过我的手。

"当然不是了，叔叔长得那么丑，阿姨才不会嫁给他。"

我被这气氛感染，蹲下来摸摸小男孩的头。

"那等我长大了，阿姨你要嫁给我哟，我比叔叔帅多了。"小男孩用他油腻腻的嘴巴在我脸上亲了一下，我乐得眼睛眯成了一条缝。

"小鬼头，我没有你帅吗？"杜云杰伸手要去挠小男孩的痒痒。

从儿童福利院离开，孩子们对我们依依不舍地挥手。我和杜云杰又出发去下一个目的地，我告诉他，这样的活动真好，能够让人充满阳光，即便是阴天。

"我可以做你的小太阳啊。"杜云杰嘿嘿直笑。

"那我就不想迎接黎明了！"

车子在一家医院门口停下，我跟着他，同行人分别都抱着箱子来到住院部。我抱着许多年轮蛋糕，这种蛋糕被德国人称为蛋糕之王。我们几人各自分头去了不同的楼层，杜云杰拿着无糖的甜品去内分泌科看望那些患了糖尿病的人。

我提着最后一盒年轮蛋糕来到神经外科走廊尽头的一间病房，推开门后，映入眼帘的是一片粉红色。有一个女孩子背对着我坐在床上，她的床旁边放着一束不搭调的蓝色妖姬。

"姐姐是来送蛋糕的吗?"听到我的脚步声,女孩儿回过头。

她回过头的瞬间,我愣住了,是马航。郑尧的前女友,三年前和我有过一面之缘的女孩子。

马航穿上粉红色的拖鞋跑向我,从我手中接过那盒蛋糕。看到蛋糕盒上印着一段文字,马航将盒子推给我:"姐姐能不能给我讲讲这个蛋糕的故事,以前云杰哥哥都会讲给我听。"

"好。"我接过蛋糕盒,一字一字地读着,"年轮蛋糕源自德国,外形如树桩,切开有一层层年轮,号称德国蛋糕之王。它的含义是,无论遇到什么困难,只要坚持下去,就会有希望!"

"姐姐,你真好。我的蛋糕分你一半,姐姐遇到困难时也要坚持下去哦。"马航朝我纯真地眨眨眼睛。

"姐姐不好,姐姐要和你的男朋友结婚了。"我苦涩地笑笑,看着那束蓝色妖姬,它的银粉落得台面上到处都是。

"如果他真的是我的男朋友,那姐姐是抢不走的。"马航开心地吃着蛋糕,蛋糕表面的糖汁粘在了她的嘴角处,我从包中掏出纸巾，帮她把嘴巴擦干净。

起身走到垃圾桶处，我正准备将垃圾扔进去时，看到里面放着一个相框和一个本子。我弯下身子捡起本子和相框，翻过相框，里面是马航和郑尧的合影。马航穿着那条玫红色挂脖收腰连衣裙，盘着头发，背景是那晚的酒吧。本子是红色硬壳儿的，里面的字迹我很熟悉，出自郑尧。

"2012年6月6日，航出了车祸浑身是血，送她去医院的路上，她告诉我，如果自己出了事就让我娶何曼儿做妻子，航说，何曼儿和自己很像，航说，何曼儿一定很爱我……2013年6月6日，距航出事已经有一年时间，航始终没有醒，家里人让我放弃航，他们开始给我介绍对象，为此我和父母翻了脸……2013年8月29日，今天是航的第二十六个生日，我把房间布置成了她最喜欢的粉红色……2014年1月25日，航终于醒了，但是她的智力却变成了一个孩子，下肢活动也出现问题，医生说，是颅脑损伤导致的……2014年2月14日，航告诉我，今天有个很帅的哥哥给她送来了维也纳巧克力杏仁蛋糕，她非常喜欢……2014年3月23日，在家人的催促下，我终于决定给何曼儿发信息……2014年6月6日，我向何曼儿求婚成功，或许像那张塔罗牌所说，这样的结局才是最好的……"

我将笔记本和相框擦干净，重新放在那束蓝色妖姬前，马航看了后，皱着眉头："姐姐，这个人每周来看我时都哭得稀里哗啦，我不想他影响我的心情。"

"航啊，他很爱你，不要丢弃他。"说出这些话时，我忽然觉得如释重负。

"那姐姐丢弃过爱你的人吗？"马航拿起相框，看了看，将它放在枕头旁。

马航的话让我脑海中浮现出杜云杰的脸，他算是爱我的人吗？如果我和郑尧结婚，算是丢弃了他吗？

回去的路上，我一直沉默。直到杜云杰把我送到楼下后，我忽然想起了什么。他正欲开车离去，我连忙跑向车窗处拦住他。

"你早就知道了对不对？"我站在车外，严肃地盯着坐在车里的杜云杰。

"对。"他回答后，踩了油门离开。

那晚杜云杰与郑尧在我工作室楼下碰面时，杜云杰便清楚了一切，因为他每个月都会去医院给马航送蛋糕，每一次都能看到那张马航和郑尧的合影。

【拾】

周末和郑尧逛街时，遇到一家很文艺的小店。郑尧拉着我进去，说是没准儿能买到什么适合做定情信物的小东西。小店老板很热情，留着络腮胡，脑袋后面扎了一个小辫儿，带着豹纹眼镜框，身上的墨绿色T恤印着几个大字：我是"八五后"！

郑尧回他一句："放心，没人当你是'九〇后'！"

在靠窗户的一排木架上摆着许多小物件，其中有一个易拉罐，做得很别致。易拉罐是透明的，里面装着半罐黑褐色的液体，液体的气泡呈心形。易拉罐上方立着一个小牌子，写着这样的话：易拉罐的拉环拉着易拉罐，可易拉罐的心里却装着可乐。

我买了两个易拉罐，一个送给郑尧，一个送给自己。他故作不懂地看着易拉罐，又看着我，但是他脸上的表情却变得越发悲哀。

"我去见过航了，医生说，她的病情有好转的迹象，不久便可以出院。"我和郑尧站在人群中，一人拿着一个奇怪的易拉罐，表情都很凝重，惹得路人纷纷投来目光。

"航说得对，如果你真的是她的男朋友，我是抢不走的。"我拿起易拉罐，放在眼前，看着罐中冒着爱心气泡的液体笑了，"我心里装的，不是你。"

"那张'正位愚者'的塔罗牌……"郑尧开口。

"正位愚者的解读是毫无目的地前行，明知是错误的选择却依旧一意孤行，结果是失败。我对你撒了谎。"我抿着嘴，低头。

"谢谢。"郑尧扬起手中的易拉罐，对我露出笑容，接着转身。

我拦了一辆车去中心广场，方才和郑尧坦白一切，正视自己的心，我忽然间轻松了许多。故事蛋糕店门口依旧排着很多人，我挤过人群，朝杜云杰办公室方向走去。迫不及待地推开门，我想象着他一定穿着好看的衬衣坐在那欧式的奶白色办公桌前。我要告诉杜云杰，因为他我学会了做很多种甜品；我要告诉杜云杰，我爱他；我要告诉杜云杰，我想要和他在一起……

"怎么不敲门！"一个严厉的女声打断我的幻想。

"丁当？杜云杰呢？"我看着这间浅绿色的办公室，扑面而来的是淡淡的女士香水味。

"我不知道。"丁当冷漠地看着我,接着又低头看向电脑。

我走到丁当面前,眼睛因为激动而变得通红。我的两只手撑在办公桌上,俯下身子,居高临下地看着她。我感觉到自己的身子在颤抖,另外一张塔罗牌浮现在我的脑海中,那张预示着我爱的人在不久之后即将离开的塔罗牌。

丁当自始至终都闭口不答,她将头转向旁边。我注意到她的工作服变了,不再是原先的红白色,而是西装套裙,胸前挂着的牌子上写着"店长"的字样。

"你什么都知道!"我压住自己即将变成咆哮的声音,一字一字地说着:"告诉我!"

"杜总被蓝带学院录取了。"丁当看看表,又道,"还有一个半小时,飞机就该起飞了。"

我咬着嘴唇停了片刻,而后转身跑出去。当我跑出蛋糕店大门时,丁当叫住了我,她递给我一盒提拉米苏。

"记住我?"我接过盒子,疑惑。

"不,提拉米苏最深刻的含义是,'带我走'!"

我谢过丁当,一口气跑向路边拦车。忽然一辆大红色的路虎停在我面前，里面的人朝我挥手。

"妹儿，上车，去哪儿跟姐说。"驾驶位的女人穿着大红色蕾丝裙，副驾驶则坐着先前的相亲男金二柱，他的怀里还抱着一个孩子。

我连忙开门上车："机场！"

周末的路很堵，我不停地按亮手机看表。接着，我拨通杜云杰的电话，关机。我越发着急，女人一边开车一边操着东北口音骂骂咧咧。

"妹儿啊，甭害怕，姐虽然没啥文化，但姐还是要跟你说，真心等你的人，他总会真心等下去，不愿意等你的人，总是一转身就牵了狐狸精的爪儿。"

"狐狸精没爪儿，只有手。"金二柱用他的河南普通话在一旁提醒。

"干你啥事儿啊，瞧你那熊色样儿，抱好小柱子。"

女人的车终于上了机场高速，她踩下油门，车开得如她的身体一般剽悍。方向盘上的几个手指依旧带着那奥运五环般的宝石，只是手腕上还多了一条情侣手链。我又弯过身子，看到金二柱的手腕上也系着同样的链子。

车子停在三号航站楼，我谢过金二柱一家后，连忙冲进大厅。人很多，我越来越焦急。手里的提拉米苏被我提得摇摇晃晃，我急得快要哭出来。如果今天见不到杜云杰，大约两年后才有机会再见。这两年时间，他会不会被妖艳开放的法国女郎把魂儿勾走，我又会不会被家里人逼着结了婚？

再次看向手机时，一个半小时已经到了。我没有找到杜云杰。

我拖着身子拎着那盒提拉米苏，眼泪止不住地流。我坐在机场那冰冷的灰色椅子上，抱着那盒提拉米苏，脸上的皮肤因为泪水变得紧绷绷的。我将提拉米苏放在腿上，打开盒子，它已经东倒西歪没了形状。拿起叉子，我大口地剜着它放进嘴里，边吃边抽泣。

"别的女人都是跟男人在一起时，才会在嘴边沾上奶油，而且装作什么都不知道。你这个女人怎么自己一个人时，也把奶油沾在嘴边啊？"熟悉的声音忽然从头顶飘落。

杜云杰抱着胳膊站在我面前，看到他以后，我从抽泣变成"哇哇"大哭，口里喊着："王八蛋，你骗我！"

"法国蓝带厨艺学院在中国开分校了，我干吗花那么多钱去巴黎呐。"他咯咯地笑着，捧起我的脸，"哎哟喂，脏死了。"

杜云杰吻向我嘴边的奶油，沿着奶油吻上我甜腻腻的嘴唇。

从一开始我就说过，关于感情，尤其是爱情，我始终认为，如果一生之中有必要相遇终究是会遇到的，但如果遇不到就说明彼此之间没有相遇的必要。无论是否情愿，该发生的事情总是会发生。相爱的两个人，也终究会相逢。

2014年6月22日

伊 莎

【壹】

"臭丫头,快点儿把钱给我!"那男人面目狰狞,像是要活吞了我。

"给你的钱,快滚!"那女人从口袋里捏出一些皱皱巴巴的零钱扔向对面的男人,她的嘴角还淌着血迹,头发枯草一样地纠缠着。

男人拿到钱,哼着小曲儿离开了。

"妈,你怎么样?疼吗?我去给你拿药。"见男人走后,我瑟瑟地从地上爬起,将那女人扶到椅子上。

"我不是你妈,死丫头,你就是个害人精,先克死了亲妈,又克死你爸,现在拖累得我也没有好日子。"女人说着,越发地激动,她在我身上狠狠地掐着、打着,"死丫头!丧门星!"

【贰】

十年后。

在超市做完兼职,我如往常一样走在夜幕中。这条路来来回回走了好些年,路边都是些熟悉的老店,在深黑的夜色中早已大门紧闭。只是几个月前新开的一家咖啡厅,看上去格外有情调,咖啡不贵,环境很好。

咖啡厅的名字让我很有亲切感,我叫伊莎,它叫伊莎贝拉。

每次下班后,这条路上唯剩着伊莎贝拉咖啡厅还摇晃着暖黄色的灯光。咖啡厅的门口放着公告牌,我借着里面的灯光看到了公告牌上的内容,这家店的老板要在本店开设咖啡课程,报名时间截止到明日。

伊 莎

"与其把工资的一半给那男人买酒，倒不如报名这个课程。"我在门口站定，犹豫了片刻推门进去。

回家的时候，男人笑脸相迎，对我嘘寒问暖。我无视这老套的一幕，五年了，每当我发工资的这天他就会变脸般地对我点头哈腰。

"钱包丢了。"我自顾自地甩掉脚上的鞋子，没有看他，而是朝里走。

"那老子的酒钱呢？"男人力气很大，一把将我拖了回来。我没有反抗，刚才报名咖啡课程时我已经做好了准备。不就是挨一顿拳打脚踢吗？这十多年来早已经习惯。

那女人坐在一旁，冷眼看着我在男人的脚下被踢来踹去，然后径直回到房间，"砰"的一声关了门。男人气喘吁吁地靠着墙，我知道他打累了，于是爬起来，拍了拍身上的灰，朝里屋走去。经过他身旁时，他还狠狠地将我推了一把。

我给白涵发了微信，告诉她报名咖啡课程的事情，她很直接地回复我："明天来给你揉揉挨打的地儿，实在不行搬出来一起住。"

白涵是我在大学里最好的朋友，我们都学新闻专业，她不嫌弃我的出身，也不嫌弃我阴郁的性格以及满是毒刺的语言。但我总能隐隐地感觉到，她对我更多的不是友情，而是同情。她总是说："伊莎，你是我见过的最坚强的女孩子。在我们还向父母伸手要钱花的时候，你却早已打几份工赚钱来交学费了，还要养着一个酒鬼。我真的好佩服你！"

伊莎贝拉咖啡厅的课程是下午六点，下班后我急匆匆地赶过去，但仍然迟到了。来学咖啡课程的人大约有七八个，他们坐在长桌的两侧，在长桌的尽头站着一个中年男人，不帅，但很耐看。

"第一天就迟到？"中年男人的严肃吓得我有些颤抖，我低着头不敢看他。

"跟我一样。"男人接下来的话逗得来学习的人都笑了，而我也忍不住笑笑，抬头对上他的眼睛。

男人叫沈七，做咖啡这行已有二十年，比我的年龄还要多一年。

【叁】

白涵缠着我和她一起去伊莎贝拉喝咖啡，其实她是想

伊 莎

看看沈七,她说:"伊莎,我们可是新闻传播学院的学生,学新闻专业的就要多走多看,随时发现随时报道呀。"

没错,新闻传播学院,我在这个学院里一直默默地存在,有事了也只与白涵一人说。因为我讨厌流言,讨厌被人议论。在这个学院,总会有学习新闻专业的学生去搜集消息,再由学习编导专业的学生进行编辑与夸张,最后学习播音专业的学生会将之传播到每一个角落。

沈七见我带了朋友来,执意要请我们喝咖啡,白涵不客气地点了摩卡。

"伊莎呢?"沈七笑眯眯地看我,我指着单子上的美式黑咖啡。

"心里苦的时候要喝点儿甜的,你的咖啡我做主了。"

沈七离开后,白涵八卦地看着我们:"喂,伊莎,老板亲自煮咖啡,艳福不浅嘛,依我看,那老男人铁定对你有意思。"

"别胡说,人家夫妻恩爱、儿女双全的,再说了,我这年龄在古代都给他当女儿了。"我连忙打断白涵,余光却一直看着远处煮咖啡的沈七。

"你怎么知道你就不是大叔控呢?说不定他也是个萝莉

控。唉，刚好凑到一起了。"白涵一个劲儿地冲我使眼色，还自言自语着，"嗯，好新闻，大新闻。"

沈七将咖啡端上，他在白涵的咖啡上用奶油画了叶子的图案，而在我的上面画了一颗心。"白涵同学的摩卡，伊莎同学的焦糖拿铁。"

"哇，为什么伊莎的是爱心，我的是叶子啊？"白涵嘟着嘴。

"因为一会儿的咖啡课，她就要学习在咖啡上画心了。在所有图案中，心形是最容易的。"沈七说话的时候一直很从容，没有太大的喜怒哀乐在话语中，这可能和他的年龄与阅历有关。总之，他在我的眼里一直是个不动声色的男人。

送走白涵后，我的课程开始了。眼看着别人都很轻易地在咖啡表面上画了美丽的心形，而我的心却总是画不好。沈七摇摇头走到我的身后，他将我杯中的咖啡搅匀后，握住我的右手，慢慢地在咖啡表面上用奶油画着，很快，一颗特别漂亮的心形图案就呈现在眼前。我兴奋地回头看沈七，沈七用只有我们俩能听到的声音说："你的心是我修好的。"

我愣住了。

我的心还能修好吗?

六岁那年母亲病逝,父亲带着我遇到了现在家中的那个女人,小小的我为了讨后妈喜欢,在见女人的第一面,便压着丧母的痛苦亲切地喊了那女人一声"妈妈",而女人只是笑着捏了捏我的小脸。八岁那年,父亲车祸,女人将一切悲伤发泄在我的身上。她和父亲还没有孩子,带着我这个拖油瓶又嫁给了现在这个酒鬼。酒鬼原先是个生意人,对那女人也不错,但因生意亏本便酗上了酒,还总是毒打我和那女人。女人气不过,更是将愤怒双倍地在我身上发泄。十五岁起,我立志要考上好的大学,但学费只能指望自己,于是开始了兼职工作。由于是童工,许多店铺不敢收我,我便在一些小的美发店打工,就这样活到了现在。

从八岁开始,便没有人再爱我了。我不知道爱是什么,也体会不到什么是温暖。所以我憎恶严冬,憎恶雨雪刮风,只要有太阳就好,有阳光包裹着我这瘦弱的躯体就好。

【肆】

外面下着大雪,我坐在超市的收银台前,拿出随身带着的课本。十一点才能下班,这会儿估计也不会有什么客人了。学校已经进入考试周,我必须抓紧一切时间复习,因为第一名会有八千元的奖学金。

"伊莎,外面下雪了,回去小心点儿。"白涵打来的电话,她说,她正在吃书,还说她一定要拿奖学金,寒假和男朋友出去旅游。

和同事告别后,我将包包裹在大衣里,小心翼翼地跑着。

"伊莎!"

经过伊莎贝拉咖啡厅时,沈七叫住了我。他撑着一把红色的伞站在门口,然后连忙把我拉进伞下。

"我刚下班,送你回去吧。"沈七撑着伞,和我在雪地里并肩而行。

气氛有些尴尬,我忽然挤出一句:"好冷啊,手都冻僵了!"

"心不要被冻僵就行。"沈七看着前方,吐出这样的话。

"心不被冻僵?除非我失忆,忘记曾经的所有。"我自嘲地笑着。

沈七忽然停下脚步深深地看着我:"我倒真希望你现在

可以失忆。"说完，他温热的唇就落了下来。我僵硬着身子没有反抗，他的吻起初温柔缠绵，渐渐变得热烈，像是以吻来宣告伊莎是沈七的女人一般。

在白涵的怂恿下，我向那女人和男人提出，搬出这个黑暗又破碎的家。女人没什么反应，男人说，只要我每个月定时给他酒钱其余自便。白涵已经找好了房子，我们俩合租，租金不贵，以我打几份工的工资还可以应付得来。

把新家布置好后，我躺在床上，脑海中又浮现了那晚与沈七的吻。大雪纷飞，我和他站在红色的伞下接吻，任谁看去，这画面都是绝美的。

我发信息给沈七，我问他："难道我的命运还不够悲惨吗？还要遇到你这样一个已婚男人。"

沈七说："在最美好的瞬间自然地闯进彼此的人生，然后成为彼此心中珍贵的人，这就是命运，也是人生。"

我又觉得沈七好似很了解我的身世，不然为什么我要美式黑咖啡时他会说我的心是苦的，为什么我在画不好心形图案时他会说我的心是他修好的，为什么在大雪天他会说希望我的心不要被冻僵。

沈七总是告诉我，对已经过去的事，不要回忆，也不要悲伤。

【伍】

随着我和沈七的互动越来越频繁,我开始打心底里害怕了。我故意疏远他,甚至还约了追我的男孩子在他的咖啡厅里见面。

我知道沈七就坐在某个地方看着我,男孩喝咖啡后嘴唇周围有些白色的泡沫,我从桌上拿起纸主动帮男孩擦了嘴,我想这个亲密的动作一定能让沈七退缩。

男孩中途去洗手间的时候,沈七走到我面前。他依旧不动声色地盯着我:"有意思吗?"

"你嫉妒了?"我挑眉看他。

"是,嫉妒是这个世界上最诚实的告白。"

他一句话堵得我不知该说什么好,他如此坦诚,我却如此假装。我假装厌恶他,假装对他没有感觉,可是,爱情来了,你能假装得了吗?

沈七递给我一杯咖啡原浆让我尝,我的舌尖在触碰到那苦涩的汁液时,眉头紧紧地皱了皱。

伊 莎

"苦吗？"沈七淡淡的语调，我喜欢这样的他。

"不苦。"我使劲儿摇头。

"伊莎，你就是这样，即使很苦也说不苦，很痛也说不痛，喜欢也说不喜欢。"沈七把我从座位上拉起来，我使劲儿挣扎，他却不松手。他拉着我来到一个窗边的角落坐下，那是我曾经常坐的位置。

"我说过要修好你的心，没有人爱你又怎么样，你还有我。"沈七坐在我的对面，又朝斜对角的一个位置指了指，"以前我总是习惯坐在那儿，常常会见到一个女孩儿低着头走进我的咖啡厅，坐在窗边的角落，要一杯美式黑咖啡，从包中掏出牛皮本子写日记。有一次，这个女孩儿把本子忘在了咖啡厅，我拿着她的本子追出去时早已没了身影。她在本子上写着一篇又一篇灰暗的文字，可是她却格外坚强。她总在日记里说自己不会哭泣，可我却看到她的心时时都在掉眼泪。两天后她回来找这个牛皮本子，服务生将本子交给了她。再后来，这个女孩儿报名了我的咖啡课程，第一天上课时就迟到了，她依旧是低着头，看得我心疼。"

我抿着嘴巴，听沈七讲完了这样一个神奇的故事。窗外的天色已经暗了下来，与我相约的男孩早已不知去向。

沈七向咖啡厅的经理交代了几句，便开车带我去唱歌。在KTV的包间里，我点了林忆莲的《至少还有你》，沈七从身后搂着我，下巴轻轻地抵着我的头。随着音乐的旋律，我们轻轻地晃着身子。

"如果全世界我也可以放弃，至少还有你值得我去珍惜，而你在这里，就是生命的奇迹。也许全世界我也可以忘记，就是不愿意失去你的消息……"

【陆】

"我的车在你楼下，出来见我。"迷迷糊糊地躺在床上，我接到了沈七的电话。挂掉电话后，我看了看表，十一点五十。

随便套了件衣服，我连忙跑下楼，心想着，这家伙大半夜跑来找我，一定是出了什么事情。拉开沈七车门的一瞬间，我在心中连念三声"阿弥陀佛"。

"怎么了？"我在副驾驶的位置正襟危坐，一脸严肃地看向沈七。

他忽然拉过我，让我倒在他的怀里，然后在我耳畔轻声："情人节快乐！我是第一个祝福你的。"

"明天才情人节呢，你过糊涂了吧。"我好笑地望着沈七。

沈七用下巴指指车上的表，零点零分，我忽然很感动。没想到这个男人平日里不动声色，却如此浪漫。他要当第一个祝福我快乐的男人，我和他过的第一个节日竟然是情人节。这没有什么不对的，情人节本就是给情人过的，和老婆过的那是结婚纪念日。

临下车时他从后排变魔术般地拿出一盒巧克力塞进我的怀里，巧克力包装得很精美，红色的盒子。多么刺眼的红色，那种专门用在婚礼上的喜庆的大红色。

在白涵的软磨硬泡下，我把沈七与我的事情和盘托出。白涵对我猛竖大拇指："这么说，我面前坐着的就是传说中人人唾骂的小三了？"

我苦笑，点点头。

"好啦好啦，跟你说个好消息，成绩排名出来了，你是第一。"白涵拉过我的手一脸激动，但在她的眼睛中我看不到一丝真心的祝贺，"你赚大了，八千块呢，请吃饭哦。"

【柒】

三月三日，母亲的忌日，每到这天我都会去墓地，沈七说他来接我。

"还有多久才到啊？"沈七是个爱迟到的家伙，每次我们说好时间，他都会晚半个小时。

"我带丫头了。"

收到沈七的回复，我的头"嗡"的一声。我总是不断地告诉自己，沈七和我一样是单身，我们是正常的恋爱。可现实总是很残酷，现实总会在不经意间像利剑一般刺破我苦心营造的幻境。我想发短信告诉沈七让他不用来了，一大段信息编辑好后，我又犹豫地按着删除键，最终回复了一个"好"字。

我和沈七三岁的小丫头特别投缘，一路上丫头在我怀里不停点儿地笑，我也特别喜欢她，一会儿拉拉她的小手，一会儿点点她的小鼻子。

"看来她很喜欢你啊。"沈七一边开车，一边看着我和小丫头。

我没有答话，紧紧抿着嘴，后来小丫头在我怀里甜甜地睡了。车里的气氛静得让人窒息，我望着车窗外飞驰过的景象。沈七忽然开口："在大学里找个男朋友，好好谈场恋爱吧。"

"一会儿就找。"过了良久，我才挤出这样一句话。

曾经在沈七先喜欢我时，我有些同情他，我总是在想，这个男人该有多痛苦。可是后来，我慢慢地发现自己也无可救药地喜欢上了沈七。我还对沈七与别的女人生下的孩子一见如故，爱不释手，我越是喜欢那个小丫头，心里就越是难过。沈七说过，他要修好我的心，他是骗子，把我原本僵硬无比的心温暖后再用火红的烙铁将它烫得面目全非。

当天晚上沈七找过我，我对他歇斯底里地叫喊着，我说："沈七，你为什么要闯进我的圈子里？我原本灰色的圈子因为你的出现熠熠生辉，现在你说走就走。让我找男朋友是吧？我找了男朋友你心里就好受吗？你好自私啊，为什么把我拉近你的身边，又冷冷地推了出去？"

沈七只是紧紧地搂着我，一个劲儿地说"对不起"。我还想再说很多恶毒的语言出来，但是怕伤害他，我又想用那些难听的词语嘲讽自己，但又怕沈七听了会内疚，索性我也不再说什么。我知道，此刻再说什么，都只会让两颗无法靠近的心受到更深的伤害。不如闭上眼睛安然享受这次数有限的拥抱，闭上了眼睛，世界上就只有我和沈七两个人。

沈七说他不希望我不幸，可是如果我跟别人幸福，他又会特别的难过。

我何尝不是呢？

【捌】

新闻课上，老师将每个人交来的热点话题一一进行评述，也偶尔点起几个同学发表自己的看法。

"伊莎同学，在当今社会，很多年轻女孩儿为了金钱出卖自己的身体给别人做情妇，针对这一现象你怎么看呢？"带课的老师恰好是我们班主任，一律闲杂事等也由他来管理。

周围的同学哄堂大笑，有的对我指指点点，我傻傻地朝白涵坐的地方望了一眼，她正低着头，我看不清楚她的表情。

"伊莎同学，有什么消息应该拿出来和大家一起分享才对。"老师再次叫着我，忽然话锋一转，"以成绩来看的话，咱们班的伊莎应该接任学生会主席一职，但是很多同学私下里反映伊莎同学不太合群，而且在作风上也存在小小的问题，所以主席就由白涵同学来接任。不过我们还是要恭喜伊莎，获得了八千元的奖学金。"

我在凳子上如坐针毡，好不容易盼到了下课。白涵从我身边走过时，我拉住了她，顾不得别人再火上浇油地说些什么，狠狠地给了白涵一耳光，白涵豆大的泪珠瞬间就滚了下来。

"伊莎，白涵是你的好姐妹，你怎么这样对她？太过分了！"

"自己给别人做情妇，还把气撒在好朋友身上。"

"家里穷就去挣钱呗，让别人养着也不害臊。"

"真没看出来伊莎这妮子平时在学校里不吭不哈的，在外面就是个狐狸精，说她小三都是文明用语了。"

"你说伊莎每次第一名的成绩不会是假的吧？大她十九岁的男人都被搞定了，咱们这些男任课老师会不会……哈哈。"

这些话如飞刀利剑朝我刺来，不知道白涵是怎么向大家扭曲了我与沈七的感情，总之现在在所有人眼里，我就是个一无是处的坏女人。

我颤抖着掏出电话给沈七拨了出去,他刚一接起电话,我就听到电话那头传来女人的声音:"老公,饭好了。"

我立刻挂掉电话,按了关机。我没有父母,最好的朋友也没有了,连唯一爱着的男人也是别人的。踉踉跄跄地回到出租屋里,我倒在床上想要好好地睡一觉。从小到大我一直是这样,兵来将挡,水来土掩,即使有再大的委屈与难过,睡一觉起来又是新的一天。

沈七曾经说过:"不是因为幸福才微笑,而是因为笑了才幸福。不管别人怎么对你,那都是别人的事,人最大的敌人始终都是自己。如果你能走出阴影,那你就是人生的赢家,走不出也没辙,都怪你自己。"

【玖】

我决定离开,去另一个城市待一段时间,于是办了休学手续。从始至终,班主任总是不停地用眼睛瞟我的腹部,我知道他在想什么。

临走前,我对班主任轻轻鞠躬。

伊 莎

"伊莎,身体最重要啊,好好照顾自己。"

我没有解释,在这些喜欢看戏的人眼中,你越是解释,就越是证明你的心虚。

后来我碰到了白涵,她看我的眼神总是躲躲闪闪,我到最后仍然不忘在她的心里用硫酸泼上一次:"大红人,不好意思拿走了你的八千元奖学金,我会到你和你男朋友原先打算去的城市度假。"

"伊莎,你转学吧,经济方面我帮你解决。"白涵的脸色很难看。

"如果我转学了,你散布的谣言不就货真价实喽?"我笑笑,"白涵,是你说的,我们这里是新闻传播学院。难道你上课没有好好听吗?新闻最大的特点就是时效性,等我休假回来,相信会有几百几千个新闻早已将今天的事情覆盖。"

沈七要求送我去机场,我们约好九点见面,他依旧是习惯性的迟到。

"来了。"我们大约有半个月没有联系也没有见面,是白涵告诉他我今天走的,也是白涵告诉我九点钟沈七会来接我去机场。

"怎么不问我为什么迟到?"沈七的笑容让我觉得陌生。

"你来了就好。"我动了动嘴角。

"去了以后没事儿想想我。"他自然地揽过我的肩，我没有挣脱，"就算恨我也好，能不能每天想我一分钟？"

"好。"

过了安检，我回过头望了这个男人最后一眼。机场安检的队伍将我和沈七冰冷地隔开，沈七站在远处，他的嘴巴在动，那嘴形好像是在叫我的名字，伊莎，伊莎。

坐在飞机上，我和沈七相处的一幕幕在眼前回放。

沈七对我说过："伊莎，无论发生什么，我都不会扔下你一个人。"

沈七对我说过："伊莎，你总是让我觉得惭愧，让我内疚，我简直要疯了！"

沈七对我说过："和我在一起时，不要一个人难过。"

离开这座城市前，沈七轻轻地对我说了最后一句话。

他说："伊莎，虽然我很残忍，把你从我身边推开，但这却是我能为你做的最后一件事。"

2013 年 2 月 16 日

轮回三生望棠梨

【楔子】

相传通往黄泉路的两旁，种满了鲜艳欲滴的彼岸花，孟婆终日用忘川里的水浇灌着这些花。每当有人来到阴间时，孟婆都会让他去看看忘川边上那块名为"三生石"的石头，上面记载着这个人的前世今生。之后，孟婆便会递上一碗香而不腻的甜汤，那汤是用彼岸花与忘川水煮出来的，人们喝下后，走到望乡台上，可以再看最后一眼人间。

那些曾经爱过的、恨过的，一切无法割舍、无法放下的都随着孟婆的这碗汤药化作缥缈云烟，不再有痛苦，亦没了欢乐，了无牵挂地开始下一世的轮回。

孟婆冷眼看着这些来到阴间的人，总是叹息地重复："如果此生遇见了就好好珍惜，不要在轮回道中丢了彼此。"

【遇来世·成陌路】

棠梨来世独自藏，人花殊途难成双。

"浅儿，干吗盯着那棵树发呆？快走啦！"一个身着休闲装的女孩儿催促着我。

"棠梨树开花了，帮我拍张照吧。"我嘟着嘴，向女孩儿望去。

"真是拿你没辙，棠梨花，离别之花，你怎么会喜欢如此不吉利的花。快摆动作！"女孩唠唠叨叨取出手机。

看着面前的这棵棠梨树，它在寺院里已经独自立了多年，至少从五年前我第一次来到这家寺院时，它就默默地站在那里。起初我一直不知道这是什么树，因为它总是枯萎的，毫无生气。干巴巴的树干，树枝上参差着碍眼如刺般的分枝。

偶尔冬天下雪时，树上会轻覆一层白色的薄衣，如同开了满树的白花，淡雅清灵。

寺院的师父说棠梨树种在这里，长成形后便再未开过花。五年来，每当我心情不好时就会来到这家寺院，走到棠梨树下，轻轻抚摸那干涩的树干。

师父见我如此执着，总是轻轻摇头。

我曾经问过师父，为什么我无缘见到这棵树开花？

师父笑答："缘为冰，你越是握得紧，就越是化得快。"

女孩催促的声音再次传来，我缓缓抬手，捧起一朵开得羞涩的棠梨花，踮起脚尖，轻吻。画面在那一瞬间定格，女孩拿着手机走上前："吻花？莫浅儿，你还真是够矫情！"

我不好意思地笑笑，转身看向方才被我亲吻的那朵棠梨花，它被细碎的阳光包裹得熠熠生辉。不知是拂过的风太过轻柔，还是我的幻觉，那朵花竟微微地动着身子。

"喜欢就带走吧。"女孩儿在我身边嘟囔。

"它是花，有它自己的一生。"我打消了摘下这朵棠梨花的念头，拉过女孩儿的手，"如果这朵花的前世是个男人，那我们一定有段故事的。走吧。"

【忘前尘·缘归土】

缘尽前尘泪几行，忘川已渡空留伤。

闺房中，我攒着丝帕捂嘴轻咳。矮几上的紫砂熏香炉飘摇着淡淡的味道，是梨花香，大夫说，梨花香对我所生之病的治疗有辅助效果。

"小姐，您该服药了。"一个丫鬟打扮的女子推开房门，托盘上放着盛了汤药的白玉碗和一个装了糖莲子的小碟儿。

"药已经喝了三年，病却越来越重，不喝也罢。"我摆摆手，命丫鬟退下。

"小姐，您要是不喝药，莫老爷是会怪罪奴婢的。"小丫鬟眼巴巴地瞧着我。

我自知也过活不了多久，端起那碗蜂蜜棠梨水一饮而尽。抬手取了一颗糖莲子送入口中，甜味渐逝，随即而来的是透心的苦。

"小姐，糖和莲子要一起吃才好。糖化了，莲子自然苦涩。"那丫鬟犹犹豫豫地蹦出这样一句话。

我未开口，只是斜睨她了片刻，接着打翻桌上的小碟儿，糖莲子飞溅在那丫鬟的身上，她却咬着牙只字不语。

我冷"哼"一声,拂袖而去。大夫说,我得的是肺病,积劳成疾,积怨成疾。

莫家是凤城内有名的大户人家,但莫家千金莫浅儿却得了治不好的肺病,所以,即使有心上门提亲的年轻公子,听到此传闻,也都一一退缩了。

我来到前厅,爹正在与人谈话。我隐在门外悄悄看去,与爹谈话的是一位年轻公子,生得格外俊朗。

"浅儿,站在门外干什么,进来吧。"是爹的声音,我笑笑,提起青色的裙子抬步跨过门槛。

"这是咱们凤城兵部的肖俊大人。"爹说这话时,对我悄悄使了个眼色。

"浅儿见过肖大人。"我微微点头施礼,抬眼时对上了肖俊有些失神的眼睛,随后便听到爹在我们身侧爽朗的笑声。

次日,我收到了肖俊的信。欣喜地拆开信封,里面放着一方米白色的丝帕,上面用蝇头小楷工工整整地写着:"人去也,人去小棠梨。强起落花还瑟瑟,别时红泪有些些。门外柳相依。"

我掩嘴笑笑,他居然用一首极其女性化的词来传递相思之意，真是个有意思的人。遂从小屉中取出一方淡绿色的丝帕，在上面也写下一首词，回送给了他。

屋内的梨花熏香依旧飘摇，碗内的棠梨汤药仍是医不好我的病，手边那方米色的丝帕上有几个字的边缘已经模糊，比如"棠梨"，比如"落花"。

我总有着不好的预感，梨花，离别之花，充满着不祥。但在我胡思乱想的同时，肖俊来莫府提亲了，爹将我们的大婚订在三日后。

我让丫鬟将那身绣了鸳鸯戏水的红色衣裙熏了梨花香，她为我梳了一个同心髻，寓意永结同心，白头到老。

"插一支簪子吧。"我从桌上挑出一支镶了红宝石的金簪递给丫鬟。

"小，小姐，奴婢知错了，请小姐恕罪。"丫鬟忽然跪在我面前，她为我插簪子时，竟一不小心用簪尖儿划破了喜衣上的鸳鸯，将那对鸳鸯正巧从中隔开，遥遥相望。

我叹了口气，这次实在无力与她发火。自娘走后，爹没有再娶，所以偶尔与我身边的这个丫鬟发生些什么，我也尝试着去理解。只是有时想起已故的娘，总会有些小脾气想要发在这丫鬟身上。

肖俊拉过我的手拜了天地，我从红色的喜帕中隐隐看到四周对我指指点点的众人。我知道他们在议论什么，无非是说，我活不了多久，又或者说，我是个不吉利的女人。那嘈杂的嗡嗡声惹得我忽然头晕目眩，渐渐地有些喘不过气。肖俊似乎是感到了我的不适，连忙过来搀扶我。可惜我那不争气的身子先他一步倒在了地上，倒在了喜宴上看笑话的众人眼前。

"快去找大夫！"我听到肖俊歇斯底里的叫喊，然后他将我的身子扶起靠在他的怀中："浅儿，能听到我说话吗？"

我点点头，依旧张着嘴急促地呼吸。我看到地狱里索命的小鬼就狰狞地站在喜宴的人群中间，于是尽量将身子蜷缩在肖俊的怀抱中。

"人去也，人去小棠梨……肖俊，对不起，如果来世你碰上了一个喜欢棠梨花的女子，好好珍惜她。"我断断续续地在肖俊耳畔轻声，将最后的力气使出来，撑起身子，吻了他。

"莫浅儿，你记住，黄泉路上有一条河叫忘川，河上有座奈何桥，当你走过奈何桥后，会看到一个叫作望乡台的土台，在这个土台边有个老妇人会端给你一碗汤，你坚决不能喝！答应我，不要喝那碗孟婆汤！"肖俊的声音渐渐变得不清晰，他的轮廓在我的眼中也变得不再明朗。

【聚今生·莫相负】

一聚今生长相守，两忆红尘待白头。

艺考告一段落，培训学校的校长终于答应给我放一个月的假。四月是旅游淡季，报纸上各大旅行社的价格都争相往下降。我的手指在一条条的信息间划过，停在了云南旅游的信息栏上。

大巴车颠簸得让人昏昏欲睡，但导游自始至终都乐此不疲地讲解着。我们的车子正朝玉龙雪山的方向驶去，从窗外已经能瞧到那耸入云端的雪山了。

"现在这个月份啊，棠梨花正好初开，雪白雪白的特别漂亮，等会儿大家下车就能看到了。"

棠梨花？

世间竟有这样好听的花名，坐在车上的我已经有些按捺不住，迫不及待地想要一睹其姿色了。

"棠梨属蔷薇科，花呈伞形。"当我立在棵棵棠梨树下时，一个熟悉的男声从身后传来。

"你是植物学家？"我看向身后的男人，他和我是一个团队的，我对他有那么些印象。

"只是对棠梨花有着特别的感情。"男人眼中划过一丝失落，苦笑着，"怎么称呼？"

"浅儿，莫浅儿。"我伸手抚摸其中的一朵棠梨花，柔软的花瓣在掌间微微散着凉意，"你呢？"

"看来你还是没听我的话。我叫肖俊。"男人皱皱眉，有些无奈。

我不明白他说的前面那句话是什么意思，虽然这个男人的声音很熟悉，但我确定，在来云南旅游前，我肯定不曾见过他。

这个叫肖俊的男人指了指我手中的单反相机，示意我帮他拍张照片，是与棠梨花的合照。我笑他怎么喜欢这样极其女性的做派，他却没有开口，而是轻吻了其中一朵棠梨花。后来肖俊留了我的电话，他让我回去后将照片发给他。

"人去也，人去小棠梨。"自由活动的两天里，我和肖俊一直游荡在丽江古城中，他总是在我耳旁念叨着这句词。

"人去也，人去碧梧阴。"我接过他的话茬，而他只是摇摇头。

"人去也，人去小池台。"我再次开口，他摇头的幅度更加剧烈。

"人去也，人去画楼中。这回对了没有？"我左思右想，忽然有些激动地拉住肖俊的胳膊，他只是淡淡地看了一眼我的手，凑到我耳畔："错！"

我意识到自己的失仪，连忙松开抓着他的手，向后退了两步："错就错，不猜了！"

肖俊主动拉过我的手，朝古城门口的一家小店走去。我使劲儿缩回自己的手，他却拉得更紧了："以前还主动吻过我，怎么现在拉个手都这样害羞。"

我主动吻过他？肖俊？

肖俊这些天来总是说些莫名其妙的话，比如，我以前和他对过诗词，可是现在却对不出来。再比如，他说是我曾经千叮咛万嘱咐的，让他一定要好好珍惜喜欢棠梨花的女子。

可我怎么什么都不记得？长这么大以来，我没有谈过恋爱，喜欢诗词倒是有的，这次来云南对棠梨花也确实是一见钟情，但唯独对肖俊没有任何印象。

我和肖俊一同坐在那家名为"蓝月亮"的酒吧里，这家小酒吧在丽江古城的对面，二楼，所以从窗口能够清晰地将整个古城内部风貌一览无余。酒吧里的男歌手抱着吉他自弹自唱，声音富有磁性，让人难以忘怀。肖俊点了一首童安格的《三生三世》，他说，这首歌是唱给我听的。

"尽管容颜易改，灵魂却是相逢于古老的年代，终于我明白，你就是我生世轮回追寻的永恒的爱……"

这时，一个卖石头的老妇人来到酒吧中。她走到我身边，问我要不要买一块，还告诉我，这种石头叫作"三生石"，如果主人自身有灵性，戴上这块石头三天后，便能够看到自己的来世与前尘。听到老妇人富有神秘色彩的推销词，我不禁笑了笑，但还是花了几十块钱买下了那土黄色带着黑斑的石头。

旅游的时间总是过得很快。我回到家中，看着脖子上挂着的三生石，几个小时后就满三天了，不知道我是不是个有灵性的人。这么想着，我突然又笑了，不过是老妇人为了挣钱的骗词而已，我竟信了。和往常一样，我将家中收拾了一番后，打开电脑完善着自己的课件。下一批的艺考生课程即将开始，我又该将自己累到虚脱的状态了。电脑开启，桌面上平白无故地多出了两个视频文件。一个叫《来世》，另一个叫《前尘》。

小心翼翼地点开其中一个视频，画面上出现了同我一样长相的女子，她的朋友也叫她"莫浅儿"。我有些害怕，但又忍不住去看个究竟，只见视频中的那个我，踮起脚尖轻轻地在寺院中吻了一朵棠梨花。而在我和朋友离开寺院后，那朵棠梨花便随着风飘落在了一处墓碑前，墓碑的主人是肖俊。看到这，我吓得连忙关掉视频。

老妇人推销"三生石"的那段骗词再次在耳边响起，我用左手紧紧地握住胸前的那块石头，右手挪动着鼠标点开了《前尘》这段视频。我看见画面中又出现了一个和我一模一样的女子，不是一模一样，那就是我，是我的前世。那女子着了一袭青衣，用毛笔字在一方淡绿色的丝帕上工工整整地写道："人去也，人去凤城西。细雨湿将红袖意，新芜深与翠眉低。蝴蝶最迷离。"接着，我看到自己被小鬼带到阴间，孟婆递给我了一碗汤，我犹豫地站在原地。

孟婆慈祥地看着我："姑娘，喝了吧，喝了之后此生的恩恩怨怨便再无牵挂。你不会心痛，也不会记得所爱之人，投入轮回之中重新追寻自己的幸福吧。"

我端起那碗汤，刚放在嘴边，又犹豫地挪开了碗。我问孟婆："如果我不愿意喝这碗汤呢？"

孟婆苦笑："姑娘看到那忘川了吗？这世上就是有一些

执迷不悟的痴情种子，宁愿跳进忘川接受千锤百炼的折磨，也不愿忘记前世所爱的人。可就算记得又如何？到了下一世，即使找到了曾经所爱的人，可人家也未必会记得他呀。"

孟婆说得有道理，如果下一世肖俊不记得我了，我独守着这份前世的回忆岂不是白白折磨了自己？那碗汤轻轻滑入我的咽喉，伴着我眼中的泪水，一起在身体内翻腾。

不过一个月，凤城兵部的肖俊因思念亡妻，郁郁寡欢而亡。孟婆递给肖俊一碗汤，肖俊坚决地将汤碗摔在了地上，纵身一跃，跳入忘川。

我看着电脑屏幕，哭得泣不成声。

原来在前尘，我与肖俊许下的海誓山盟竟敌不过小小的一碗孟婆汤。

原来在来世，肖俊仍旧不愿忘记今生的记忆，再次受到千锤百炼后变成了一朵小小的棠梨花，静静等待着我的出现。而我，依旧不记得他。

"喂？"拨通肖俊的电话，那头传来依旧熟悉的男声。

"人去也，人去凤城西……"

2013 年 1 月 31 日

某一天，我仍会想念

【拥有了嫁为人妇的机会】

有过这样一天，给我以后的人生做了铺垫。

是七月，艳阳似火。

我身着黑色宽带背心以及 A 字型超短牛仔裙，趿着厚底儿的凉拖，背着实际容量能装下美的空调但却只塞了手机和化妆品的大包，厚大的卡其色镜片下是一张抹过无数遍防晒霜的瓜子脸，耳朵里塞着后街男孩儿熟悉的嗓音，打一把与穿着压根儿不搭调的嫩粉色蕾丝遮阳伞。不要把我当成什么水性杨花或是城乡非主流女子，我可是以全校前十名的成绩考进本市一所名牌大学的才女。

我发誓，我真的很有才也很聪明。

只是木若总以当下最流行的一个字来称呼我：猪。

这不，本猪正要去母校的大操场上，顶着骄阳参加那该死的毕业典礼。

死党田心顶着前几天为了看帅哥去韩国人开的美发店整的丸子头，一脸贼笑地堵在我面前："钟洛一，这个暑假过后你有十分之一嫁为人妇的机会，好好把握。"

我木讷地看着她那鸟窝般毛茸茸的头发："你觉得为了见一面别人口中的帅哥理发师，值得把自己漂亮的长发让他给整成丸子吗？"

"虽然他本人的长相特别对不起我。"白了我一眼后，田心不再多说什么，扯着我就去毕业典礼的大会上了。

什么嫁为人妇啊？我现在应该还可以用纯情美少女来形容吧。

但是，我没有告诉田心我是这样想的，不然她可以不用再喝减肥茶就能呕吐出立竿见影的效果。

夏天的夜晚其实是美的。

朗月，星空。

群蚊嗡嗡。

黑色的手机在口袋里震个不停，田心那头猪一定是吃错药了，飙来十六个未接电话。正欲打过去，她的短信又飞来。口气不耐烦地催我去市中心唱K，还叮嘱我要打扮漂亮点。

亮黄色的雪纺衫将蓝色短裤盖得只露出一条边，头发烫了些公主卷，水钻发卡恰到好处地箍在头上，十二分跟的银色凉鞋，挎着嫩粉色的小包，笑容甜得能腻死一群熊。这是木若回忆当时见到我的第一印象，他说，我简直美翻了，害得他不由自主地就想为我唱首歌。

而我在多年后仍能清楚地记起那天的他，那个穿白色休闲T恤深情演唱《红豆》的男生，因为他唱到高潮处破音了，我很不顾形象地爆笑良久。田心比我夸张得多，喝到嘴里的百威硬生生地又吐回瓶去。

也就是那次，我认识了那个男生。

木若，如果有可能，你还会再次为我唱那首破音的《红豆》吗？

【没有人会忘记自己的初恋】

S大学食堂里的炒粉，你要是晚那么一丁点儿的时间去排队，保证你连锅底的糊渣都买不到。那个炒粉窗口站着的绝对不会是什么帅哥美女，而是右手握着铲子满脸堆肉的大妈，可她做的炒粉就是好吃，但凡吃过一次的人就会接二连三地去吃。

在下课铃响起的那一瞬间，我箭一般地冲向食堂的炒粉窗口，大不咧咧地捧着这份珍宝，向电视下面那个空座位挪去。我都已经如此小心翼翼了，可就是有个不长眼的家伙火速冲来撞掉了我手里的炒粉还说了令人相当火大的话。

他说："同学，等我先买完炒粉再跟你道歉。"

我顿时有种鼻血四溢的感觉，接着便脑子犯抽地站在原地等他。

远看那人屁颠屁颠地过来，正欲发火，抬头，四目相对。

五秒后，我狂笑地指着他："破音男，怎么是你？"

他似乎也很惊讶，然后不好意思地摸摸鼻子，把手里那份炒粉递给我："你也喜欢吃炒粉？那这碗给你好了。"

我贼笑地盯着他，手上的筷子已经挑起了几根炒粉。可是，我没看错吧，他的脸竟微红了一下，这更让我由贼笑再次转为爆笑。

木若，你真可爱。

田心跟我考进了一所大学，我们都学传媒专业。她跟我说，木若是学计算机专业的，还特别强调他是单身贵族，有很多女生在身后穷追不舍。

我不是傻子，当然能听出她话里的意思，可是，我心里有别人了。

是的，我心里一直都有一个人。

我的初恋。

没有人会忘记自己的初恋，何况，我还是喜欢着他的。

上课时田心扔来纸条，上面用碳素笔歪歪扭扭地写道："钟洛一你就是个智商过百情商为负的家伙，痴情的孬种，不现实的东西。"

我顿时一肚子火，三下五除二地撕了纸条，蹦起来指着身后的田心大吼："小娘是个有生命的人，种也比你优良得多！"

后来，我俩一起被古板的秃头教授光荣地请出了教室。

再后来，我们在学校旁边的 KFC 买了甜筒和紫薯蛋挞，坐在天台上乐此不疲地吃着谝着。

我们都不是记仇的人，但我们都是知道要报恩的孩子。

趁着田心走神儿，我抢了她手里刚被咬过一口的紫薯蛋挞，狼吞虎咽起来。田心无奈地看着我，拍拍我的背，轻叹着："钟洛一，你果真没救了！"

我继续消化着嘴里的食物，瞪大眼睛等待她下面的话。可是，她什么都没有说，站起来转身走了。

我没有追上她，一个人坐在天台上远望。望着望着，就望见一个穿黑色短裙的可爱女孩儿与一个神情冷漠的男孩儿并肩坐在天台上。男孩儿沉默地喝着酒，女孩儿在一旁看着男孩儿笑得很开心。后来我的眼睛变得有些模糊，也就望不见了。

【酸甜苦辣的回忆】

木若是摩羯座的。

我不知道这些，都是田心这妮子成天在我耳边像复读机一样重复播放着。她说，摩羯座的男生多好，踏实、有责任感、事业心重，也不会随便去拈花惹草等等。

我说："本小姐虽然是处女座的，可就是不喜欢摩羯男那种木讷的性格。倒是你这个巨蟹座的死女人和那个什么木若还比较配。"

田心的脸微微一红，停顿了一下撇撇嘴小声嘟囔："摩羯座和处女座还一百分呢，水瓶座和处女座才四十分。"

她就是再小声地说，我还是听到了。狠狠地瞪了过去，之后我们谁都没再说什么。

"陆嘉轶，为什么你不被你妈早生出来几天呢？如果这样，你就是摩羯座了，和我多配啊。偏偏就是和我最不配的水瓶座，我是招谁惹谁还是欠谁了，命运怎总是这么坎坷？幼儿园有好感的男生出国了，小学喜欢的男生出车祸了，初中爱上的男生星座又出了我的运行轨道。

"陆嘉轶，为什么我喜欢了你七年，你从来都没有感动一下呢？如果你有感动过，我一定会一步一步坚定地走向你，即使沿途有再多风雨都不会成为阻挡我走向你的借口。

"陆嘉轶，为什么我把自己改变成你喜欢的类型，你仍然不会仔细看看我？如果你看看，一定会讶异于我的美丽。"

我是个不常掉眼泪的丫头,难过或是委屈都会憋在心里默默承受。但四年前的一个夜晚,我还是没有忍住,坐在家里的沙发上抱着抽纸盒放声大哭。老妈知道我这样犯神经的原因,因为她从头到尾都反对我和陆嘉轶来往,更别说谈恋爱了。

陆嘉轶的妈妈在我们小区有一家美发店,我妈是那里的老会员,所以自然与陆嘉轶的妈妈很熟悉。妈说,陆嘉轶是个叛逆心很强的男孩子,常常惹他的妈妈哭,妈还说,陆嘉轶是个以自我为中心又偏激的男孩子,让我离他远点儿。

我一句都没有听进去。

在我窝进沙发里大哭的几个小时前,我收到陆嘉轶的短信。他问我会不会做便当,他说,想吃我做的便当。

一个喜欢了那么久的男孩子竟然主动要求品尝我的手艺,我尖叫着冲进厨房,第一次认认真真地和老妈学习做饭。

我精心地打扮了一番,捧着那盒红色的便当,屁颠屁颠地跑到与陆嘉轶约定的地方。他只是冷冷地打开那盒便当扫了几眼,而后眼中划过一丝赞叹。我面上略有得意,从包中拿出一套新买的餐具递给他，示意让他现在尝尝看合不合胃口。他没有拿那套蓝色的餐具，而是恢复了冰冷的神态告诉我，他还有事，让我先走。

我抿抿嘴，向他挥手说再见。转身走了没多远，隐隐约约传来一个甜美的女生喊道："嘉轶，这里。"我悄悄躲在不远处的站牌后，看到了这样一幕。

那个女生浓妆下面藏着依旧稚嫩的面庞，她穿高跟鞋走路时还有些颤颤巍巍。陆嘉轶见她时，宠溺地揉了揉她的头发，然后递给她一盒红色的便当。接着，陆嘉轶从身后像是变魔术一般，拿出一套粉红色的精致餐具，只见那个女生开心地原地拍手，又在陆嘉轶的面上狠狠地亲了一口。

隐在站牌后的我默默地伸出自己白皙的双手，轻轻抚摸着其中两只贴了创可贴的手指，它们本来被刀子划得鲜血泪泪时一点儿都不痛，可是现在怎么突然间那么痛？是刺心的痛，十指连心的痛。

【你总是出现在我的绝望里】

经过三番五次的偶遇，我跟木若便熟络起来。比如，木若同我一样都喜欢吃甜食，他总是随叫随到，饱餐过后随时准备结账。

那日和木若一同吃过甜品后，天气微热，他便让我站在原地等他。回来时，只见木若手里捧着两个可爱多的甜筒冰淇淋。我忽然间眼睛有些湿润，不是感动的，而是我又想念陆嘉轶这个家伙了。

回忆就是这样，你根本不知道它什么时候会突然出现在你面前狠狠地抽你一个耳光。

第一次与陆嘉轶吃冰淇淋，我为了保持独特，所以选择了死贵死贵的可爱多，无非是为了让他记住我。我想我错了，我后悔当初没有选择五毛钱的小奶糕。每当想念陆嘉轶时，无论春夏秋冬，我都会跑进超市买上两个可爱多吃。如此一来，我买冰淇淋的钱或许已经能买一台电脑了。

走在木若身旁，我悄悄给许久没有联系过的陆嘉轶发了短信。我问他："你究竟喜欢什么样的女生？"

"短发。"

木若看着镜子中我那留了三年多的长发，试图再次阻止。自小到大，我都留着一头乌黑垂腰的长发，我在心中盘算着，或许这就是陆嘉轶不喜欢我的根本原因。

看着理发师手里的剪刀在空中飞舞，我的发丝一缕缕落下，有种剃度出家看破红尘的感觉。半个小时后，我顶着一头齐耳短发，怎么看怎么别扭。

木若猜不透我的心情，但是他这么说："旧的总会被丢弃，新的总会代替旧的，头发是这个道理，感情也是一样。"

我不知道木若说这句话是因为他太聪明，还是什么，我无暇猜测。此时顶着一头短发哭丧着脸的我却正巧碰到了陆嘉轶，陆嘉轶怀里搂着一个长发飘飘的女孩子，那个女孩子长相普通，但她的那头长发确实很美，比我这个头上只裹着短短毛发的怪物精致得多。

陆嘉轶见我后平淡地打了招呼："钟洛一，你什么时候剪的短发，女孩子其实还是留长头发比较好看。"

他身旁的那个长发女孩儿也附和了几句，还说我的脸形不适合留短发。

木若兴许是看不下去了，拉过我对陆嘉轶开口："钟洛一的头发是为我剪短的，我喜欢。"

不知道后来他们三个还寒暄着说了些什么，我只是想跑回那家美发店从地上捡回属于我的那些长发，我恨透了现在的我以及现在这个丑陋的发型。

日子渐渐地过去,我的头发慢慢长到了肩上,木若在这些日子里没少陪我,我也习惯了这个好哥们儿成日里带我去吃香的喝辣的。

快过生日了,陆嘉轶打来电话问我喜欢什么类型的礼物,我说实用些的比较好,毛绒玩具都是小女生玩儿的。挂掉电话后,我一连几天都很开心,木若和田心都鄙夷地看着我,问我是不是思春过度了。

在我生日的前一天晚上,田心让我请她去泡温泉。我提起右手就想朝她的头顶拍去,就在下手的那一刻,她说一次温泉换一个陆嘉轶的最新消息,考虑考虑。我二话没说收起手便对田心谄媚地笑,并且一副小人嘴脸地抢过她手中的包包帮她背上。

我和田心浸泡在艾叶汤池中,池水温热地包裹着我,我幻想了许多与陆嘉轶见面的场景,不知道明天我的生日他到底选了什么礼物。

田心忽然朝我这边泼水,将我从美好的白日梦中扯回现实。她说:"你知不知道陆嘉轶又找新女朋友了,是咱们的学妹。"

这句话差点儿让我在汤池中溺水而亡,我应该早早地预料到田心这家伙一开口准没好话。但是我依旧不相信,打破砂锅问到底,想听听这个消息田心是怎么知道的。

田心白了我一眼,她说,自己昨天从辅导员办公室出来后,正巧看到陆嘉轶抱着一只一米七六的毛绒狗熊,后来学妹出现了,横抱过这只大熊被感动得眼泪哗哗,接着就听到陆嘉轶对那学妹说了八个字:"生日快乐,我喜欢你。"

我看着田心在水中一副羡慕的表情,瞬间哑然。原来我不喜欢什么,陆嘉轶就断定别的女孩子喜欢什么。温热的水中,我感觉自己的自尊心正在被陆嘉轶凌迟处死。

第二天生日时,田心送了我一套补水面膜,木若送了我一款非常精致小巧的MP3,他说,知道我最近学法语,所以在里面下了许多口语听力的练习。

我心里忽然间涌出一阵感动,但嘴上却嚷嚷着骂他:"木若你真没情调,不懂得用可爱的毛绒玩具讨女孩子欢心。"

田心瘪瘪嘴,顺势要抢过我的MP3:"我正好也要练习口语,你不需要的话就给我好了。"

我急了，连忙把 MP3 放进包里对田心开玩笑："哎呀呀，你跟寿星抢什么，莫非你喜欢木若吃我的醋啊？"

田心一听比我还急，连忙摇头摆手地否认，但眼睛却不停地看向原地傻笑的木若。

【选新的还是选旧的】

国庆节那天，木若跟我表白了。田心知道后不停地怂恿我，还说木若喜欢我的事情明眼人都能看得出。

我有些迟疑，毕竟我还没有彻底地放下陆嘉轶，我还对那个一次又一次伤害我的男人抱着一丝希望。

田心在一旁开始数手指头："木若长得好、身材好、家境好，有责任心、又细心、又爱护小动物……"

爱护小动物？这难道也能成为我答应和木若交往的理由？

可就是因为这条理由，我答应了木若。因为陆嘉轶有个癖好，就是特别喜欢小动物，凡是遇到路边儿的野狗野猫，他铁定要去买吃的给那些猫猫狗狗们喂。

不得不承认，木若对我好得让人眼红，简直就像找了个免费的贴身保姆一样。日子依旧和原来一样，木若还是喜欢开着车带我胡吃海喝，他说，女生就应该多见见世面，什么都吃过，什么都见过，才不容易轻易被男人骗走。我忽然想到了田心口中的那个学妹，原来陆嘉轶用一只一米七六的毛绒玩具熊就把她骗到怀里了，真的有点儿可悲。

再次遇到陆嘉轶时，是在同学组织的新老生交流聚会上，那个可爱的学妹叫来了陆嘉轶。我和田心都蹬着高跟鞋，V领修身的连衣裙将身材包裹得凹凸有致。我挽着一身靛青色休闲衬衣的木若，一脸粲然，田心也被新交的男朋友牵着，不过，我总觉得田心的男朋友和木若的长相有几分相似。

陆嘉轶看到我时，脸上明显有着惊讶与赞赏。他上下打量了我一阵儿，又看看旁边的木若笑道："钟洛一，看不出你还挺专情，为了男朋友剪掉头发，现在连穿衣风格也变了。"

"我变过吗，我一直是这样。"我淡淡地开口。

"你以前不是都穿运动服的嘛。"

他这话一开口，我突然心都凉了，原来陆嘉轶自始至终都没有注意过我一丝一毫。朋友们都知道，我从来不穿运动服，唯一的一双运动风格的鞋子，还是为了上体育课才勉强买下的。

木若见我脸上有些不自然,便拉着我坐到一旁。田心见状,走上前对陆嘉轶说了几句话,我看到陆嘉轶轻轻点头转身出去了。我很感谢田心,不知道她说了些什么,就这样轻易地支开了陆嘉轶,也避免了我的尴尬。

聚会结束后,我挽着木若准备离开,田心在身后叫住了我。她一个人孤零零地站在台阶上,看得我有些心疼。夏天夜晚的风拂过,暖暖的,带着甜甜的气息。

"你不是被男朋友甩了吧?"我开玩笑地看向她。

"嗯。"田心半天才挤出一个字。

"他是什么货色啊,敢甩你这个大美女?走走走,姐们儿陪你一醉解千愁。"我揽过田心的肩膀,她却挣脱了。

"洛一,能不能让木若送我回家?我自己不敢。"我看得出田心的心情特别不好,所以把木若推搡着上前,毕竟我们三个人一直都是很好的朋友。

很好很好的朋友。

【原来陆嘉轶喜欢我】

楼下立着一个熟悉的身影,是陆嘉轶。我不知道这么晚了，他又在这里等哪个小女生，不过我有预感，这次他等的一定是我。

"洛一，聚会早就结束了，你怎么才回来？"陆嘉轶对我弯着嘴角，和我第一次见他时的情景很像。

七年前，他穿着一件雪白雪白的衬衣，逆着光走向我，我想这应该就是传说中天使般的逆光少年，他对我说的第一句话是："同学，你怎么总盯着我？"

这次和七年前一样，陆嘉轶一开口就是质问的语气。但是他没有叫我同学，也没有叫我钟洛一，而是笑着叫我洛一。

洛一，多么亲切。

"我散步回来的，没坐车。"

"洛一，我突然有点儿想吃可爱多。"陆嘉轶不自然地挠挠头，他的样子可爱极了。

我立在原地有些不知所措，七年了，直到现在我还是会缠着木若买可爱多吃。每次站在木若身旁吃着可爱多，我又有种特别惭愧的感觉。

我不知道哪里来的勇气，竟然上前一步抱住了陆嘉轶，他没有推开我，反而也用两个臂膀紧紧地箍住了我。那一刻，我突然觉得自己这七年来受的委屈都不算什么。

陆嘉轶在我耳畔缓缓地说："洛一，其实我是喜欢你的，只是这么多年来我一直不知道。"

我默默地在他怀里哭了，这是第二次为他落泪。

【有些事已经命中注定】

"洛一，你……"正在我陶醉在自己的感动中时，田心的声音从身侧传来。

我像是做错事被妈妈发现的孩子一样，迅速松开双手站在原地，田心身旁还站着一脸愕然的木若。

"你……你错拿了我……我的手机。"田心结结巴巴地打破这尴尬的氛围。

我和田心因为关系太好，所以总是买一样的衣服和一样的鞋子穿，就连买的手机也一模一样。我想要解释些什么，但又不知道怎么说。

"洛一，你这马虎的性子怎么还没有改掉，就连前阵子给男朋友发'我想你了'的短信都能错发到我这里，这样下去可不行啊。"陆嘉轶似是要开个玩笑缓解气氛，可是，他这个玩笑开得真的很没有水平。

我看到木若失望的眼神和转身离开的背影以及与我换了手机追上前去的田心，我突然明白了什么似的，也跑上前去追木若那抹越来越远的身影。

"洛一，我知道你要说什么，就算田心今天不设计这个局让我看到你对陆嘉轶仍然有情，我也都清楚，你心里根本忘不掉陆嘉轶，七年的感情怎么可能这么轻易就放弃掉。"木若的情绪比我想象当中稳得多，他很理性，在这个关头上，他居然还可以如此理性地分析出田心如何布局，我们如何上当。

我承认我不如木若，单单是好朋友的背叛这一条，就够我发疯一段时间了。我知道田心喜欢木若，所以我才迟迟不肯答应木若的交往请求。要不是田心找了男朋友，又不断地撮合我与木若，我怎么可能去跟自己好朋友喜欢的男人谈恋爱呢？

回过头时，陆嘉轶已经离开了。

有些事情既已命中注定，我也就不再多要求。

或许我向木若道歉，或者去求他回到我的身边，他还是会不顾一切地回来。但是我没有，这样做很自私。

某一天，我仍会想念

听说学校开展了交换生项目，木若和田心都选了交换去加拿大。我是个怕冷的人，所以选择了澳大利亚。那里有太阳，有温暖。

不知道陆嘉轶现在怀里搂着的是什么类型的女生，长头发或是短头发，反正不会是我。一个你追了七年都从未正眼瞧过你的男人，难道你还指望他忽然间头脑被雷劈得开了窍跑回来低声下气地对你说他错了，他爱你，他不想你离开？

反正，我是不会再有这个指望了。

现在的我刚收拾好行李，坐在书桌前，桌上有一个相框，里面放着我与田心、木若的合影，那是两年前照的了。时间很快，两年的时光瞬间就从指缝流出。

我想，某一天当我回国后，再次坐在书桌前看到这张照片时，我仍然会想念。

想念曾经的记忆碎片。

还有那些，余留的温存。

2011 年 7 月 12 日

风尚女王

【壹】

黑色的皮质沙发散发着略微刺鼻的气味，我尴尬地同几个男人坐在这间办公室里。沙发前是玻璃茶几，上面陈设着价格昂贵的茶盘以及一套功夫茶的茶具。

"会泡茶吗？"茶几右侧是一张压抑的深咖色办公桌，一个挺着啤酒肚的男人和善地问我，那眼神中流露的不仅仅是和善，还有一丝被压制着的猥琐和欲望。

我点点头，身旁坐着的男人递过来一小包铁观音。他别有意味地看看我，又侧头看向办公桌前的啤酒肚男人："王董，有美女给你泡茶，我林某人可真是羡慕啊。"

那个被称为王董的啤酒肚男人脸上的笑容渐渐绽开，在座的其余两三个男人也附和着笑了笑。我将茶汤低斟入公道杯时，感受到对面投来的目光。

"张董，温妮可是我们公司的顶梁柱，想撬走她，我是不会同意的。"王董对那道目光的主人开口。

"温妮，不要因为知道了我的身份就拘谨起来，像之前一样开开玩笑多好。"王董看着一直沉默的我，语气带着一丝恳求和不满，"晚上一起吃个饭。"

"现在的小姑娘家里都有门禁，而且，贵着呢。"身旁的林总轻啜了一口杯中的茶。

听到这话，我伸手递给张董的那杯茶水险些洒在手上。但很快，我又换上了一副从容的姿态。

王董尴尬地咳了两声，瞥了一眼我旁边的男人，又笑眯眯地看着我："温妮，我们还有事儿要谈，你先出去吧。"

拿起手边的包包，我对这几个男人礼貌性地点头，拉开办公室门。出去的那一瞬间，有句话清晰地飘在我的耳畔："看到没，背的是芬迪的包，王董，这个更贵啊。"

我叫温妮，十五岁作为一名童模与零点文化传播公司签约，上个月跳槽到王董这家凯珊文化传播公司，八年来在模特圈内已混得风生水起。

初来凯珊时，公司还在进行最后阶段的装修，那时的王董忙着杂七杂八的事情，不断地向我请教公司内还需要什么设备。他和装修工人们混在一起，我便一直以为他是个实诚好欺负的包工头，而他也没有否认，任由我"包工头包工头"地那样叫唤着。公司的其余员工兴许以为我和王董是熟稔的朋友，所以也没有人纠正我这个初来公司两三天的丫头。

不过一周，公司正式开业，包工头也走了。我被公司安排了几台活动，平时在公司也帮忙谈上几个单子。所谓谈单子，就是招来姿色身材不错的姑娘，与公司签约做活动，每签一个单子我可以吃掉百分之二十。

"温妮姐，这是董事长让我给你印的名片。"公司的小杨小我两岁，我知道他最近盯上了前两天我签下的一个十六岁嫩模。

"我只是个模特，闲暇时帮着公司签几单而已，没必要这么正式吧？拿了名片，我岂不是要来公司坐班啦！"文化传播公司签约的模特平时是不用待在公司的，有活动接到通知时，才会来公司集合，由领队带去指定地点。

"董事长说，你可以不用来坐班，只是一张名片而已，代表公司形象。再说，圈子当中知道温妮姐在凯珊公司任经理一职，对公司也有好处呀。"小杨滔滔不绝地讲着，"实在不行，你去当面拜谢董事长吧。"

我朝最里面的办公室看去，撇撇嘴，来公司一个月还从未见过董事长。拿过名片，我整理了一下衣服。推开董事长办公室门的瞬间，我愣住了。

"温妮，进来坐。"

"包工头！你……"我吐了吐舌头连忙道歉，"对不起，我真的不知道您就是董事长。"

"哈哈，没关系。"王董开怀大笑，片刻，他犹豫地开口，"温妮，会开车吗？"

"打算后半年学。"

"我有一个驾校，你去我那儿学。对了，喜欢什么车就跟我说，我和那些汽车店老板很熟。你上周做的那个宝马车展，记得不？我那哥们儿听说你温妮跳槽过来，可是钦点的你呀。"王董字字句句让我已了然于胸，这样的场面在过去八年我见多了。

我淡淡地笑了笑。此时办公室的门被推开，进来了几个穿着正装的男人。

"张董，林总，快进快进。"我正要起身，王董示意我坐着别动。

【贰】

从办公室出来时，我轻笑了声，撕掉手中的名片。包里的电话从刚才就震个不停，我知道是乔安，只有他这家伙会疯狂地飙来连环夺命call。

"温妮，外边下雨了，你在公司等会儿，零点这边新招了几个男模让我带，我交代几句过去接你。"乔安的声音很酷，他在零点已经待了十年，我在这个圈子里打拼，多半儿也是因为他的帮助才如此顺利。

乔安有着亚洲男模的标准身高，倒三角身材，原先的八块腹肌因为这两年的松懈变成了六块。那年我来到零点，站在T台下正巧看到了二十岁的乔安和他的女搭档戴茜。

当时的戴茜是零点数一数二的女模，身材火辣，走起台步十分性感。

"小姑娘，你多大就来当模特啊？"乔安在台前对着镜子摆完 pose 后跳下来戏谑地看着我笑。

"十五……"我不敢直视乔安的眼睛。

"公司开办至今年龄最小的模特啊，以后跟着这个姐姐好好学。"乔安像是哄小孩一样，戴茜走过来随意地勾住乔安的脖子笑了笑。

那时的我很害怕戴茜，因为她的火辣性感总让我觉得她不是什么好女人。戴茜喜欢穿皮衣、皮夹克、皮裤，她的耳朵上打了八个耳洞。

"对了戴茜，剧组选了艾琳娜。"零点公司签下我的那位兰经理走过来拍了拍戴茜的背，"没关系，以后机会还很多。"

我看到戴茜有一瞬间的失神与不满，但她咬了咬下嘴唇后却露出一个无所谓的笑容。待兰经理走后，戴茜不屑地扭头："又是凭借那个男人！"

"艾琳娜是圈内女神级的人物，小姑娘，以后你长大了要超越她啊。"乔安投来温柔的笑容，随后追着戴茜的背影走了。

天色暗得令人发颤，我坐在凯珊公司前厅的沙发上，乔安忽然发来短信说，零点那边走不开，新来的几个男模发生了口角打得不可开交。我看了看脚上那双新买的MiuMiu高跟鞋，一咬牙，决定冲进雨地里去拦出租车。在这个圈子里成长的我，对于时尚信息自然而然地便敏感了，奢侈品就像我的生活必需品，我把它们视为我的孩子。

站在公司楼下，我一个劲儿地和包包鞋子们道歉，却没有看见身后站着一个早已快要笑崩溃的男人。

"这身行头站在雨地里真是让人心疼，我送你回去。"转过身，我看到那张熟悉的脸。是刚才王董口中的张董，他在那几个男人中算是年轻的，大概三十出头的样子。

"你这是打算背着王董撬走我吗？"

"开什么玩笑，我可不想得罪老王。"他顿了顿，忽然压下身子邪邪地盯着我，"再说，温妮小姐恐怕已经打定主意不干了吧？"

"你想怎么样？"我向后退了几步。

"我想让你做我的人。愿意吗？"张董看到我瞪大的眼睛，笑着解释，"明天你亲自和老王说清楚，至于违约金，我帮你付，条件是来我的公司，能让你来，待遇自然要比凯珊的优厚。"

既然有人愿意帮我出这笔违约金让我离开那猪八戒的公司，一举两得的美事我自然答应了。我伸出右手："张董，以后合作愉快。"

"别张董张董的，我叫张亚光。不过，你想叫我张美男的话，我也不介意。"男人爽快地与我握手。

张亚光开的是越野车，我本想坐在后排，但后排堆着许多鞋盒。看了看基本都是名牌女鞋，我的眼睛便多停留了一会儿。张亚光说，那是她前女友的战利品，送完我就去把这些鞋子拉去那女人的家里。

我笑了笑，看向张亚光开车的侧脸。棱角分明，五官立体，尤其是那嘴唇，特别诱人。张亚光似是感受到了我的目光，回头暧昧地看我一眼，正要说什么时，他的手机响了，我隐约听到一个女人的妖媚声音。

"别闹，我送个朋友，一会儿就过去。"

像张亚光这样性感爷们儿型的男人，一定是不乏女人追求的，而且都是姿色上等的女人。作为一个文化传播公司的董事长，旗下有多少签约的模特想与之发生关系，以此来得到参加活动的机会。不过高明一些的，就不仅仅是为了得到活动机会，而是得到张亚光这样的钻石王老五，就比如刚才电话里的那个女人。可惜她已经是前女友了，我心中突然有那么些幸灾乐祸的情绪在萌动。

临下车时，张亚光将自己车里的一把深蓝色雨伞递给我："快回去吧，我可是知道你们这些女人视衣服为珍宝。"

"我知道你很感动，感动的话明天就准时来公司。"

我握住深蓝色的伞把，看着张亚光的车渐渐消失在雨雾中，面上不知不觉浮上了笑容。

【叁】

"妹子，晚上来趟零点吧，今天是兰经理的生日，刚让乔安订了蛋糕，在公司简单开个宴会。"回到家后，戴茜发了微信来。

怎么说我也在零点待了这么多年，兰经理一直对我很照顾。于是换了身衣服，补了个妆，拉开我那宝贝抽屉。抽屉里放的都是些随时可以送人的奢侈品，我挑了兰蔻今年春季限量版的唇彩套盒，因为兰经理曾经说过，女人的嘴唇是需要时刻用闪亮的色彩点缀的。

零点公司还是老样子，在场的也都是些公司的老人，我一一和她们打了招呼。当然，乔安今天打电话来说的那帮新招的男模也在宴会上。看到他们生涩地与我们这群人交谈着，有的巴结，有的留联系方式，我眼中荡出笑意。

"兰经理，生日快乐，我特意为你生日准备了礼物呢。"一个娇媚的声音从公司门口传来，艾琳娜扭着纤细的小腰，那几个新来的男模看得眼睛都直了，"哎哟，温妮也在啊，听说凯珊公司的王董对你很特别！"

乔安听到艾琳娜的话，脸色有些不好。艾琳娜递给兰经理一个兰蔻的礼袋，轻蔑地瞧了我一眼。

"生日快乐，兰姐。"我拿出那盒唇彩套。

"礼物也学人家，没创意！"艾琳娜嘟着她那小嘴，"当年学了我和戴茜的台步，占尽风头。现在连礼物也学我送唇彩。"

"娜姐，只是巧合。"尽管我在心中将艾琳娜这个做作的女人已经跺了无数脚，但面上依旧保持着从容的微笑，真不明白当年乔安和我怎么会认为她是个女神级的人物。

八年前我来到零点时，艾琳娜对我还很客气。那时她的活动多得令人羡慕，每次参加比赛，冠军也绝对是非她莫属。但是艾琳娜从来没有因为自己的台步走得好或是名声响亮而间断每天的基本台步练习。

艾琳娜的台风是妩媚娇柔的，而戴茜却是野性十足。艾琳娜和戴茜是零点公司公认的两个顶梁柱，她们一个像白玫瑰，另一个像黑牡丹。这两朵花儿默契十足，在走组合时，两人虽然风格不同，却能将不同的美融为一体，令人赞叹。

那时的我还处在学习穿高跟鞋走路的阶段，我从六公分的鞋子一点点增加高度，直到现在能够穿着十八公分的高跟鞋行动自如。我依旧清楚地记得在一次平衡能力训练课上，我穿着十二公分的细高跟，在半米高的T台边沿走着猫步。尽管心里再害怕，眼睛都要平视前方镜中的自己。一旁的艾琳娜轻松地走了几个来回，我却还慢慢挪动着步子。突然一失神，右脚鞋跟踩空，险些要掉下台子。一双有力的手在身后接住了我，那年我十六岁，一直认为自己是上天的宠儿。我吓得紧闭眼睛，睁眼时，T台老师和乔安他们都围在我身边。

只是艾琳娜不在。

"亚光也来了？"艾琳娜的声音打断了我的思绪。

"你艾琳娜都请不来的人，我一个小人物的生日宴会怎么能请来他那个大忙人呢。"兰经理逗趣地说着。

"这伞怎么会在这儿？"艾琳娜起身在一堆伞中拿出了我的伞。

"伞是我的。"我不知发生了什么事，看向兰经理。

"小贱货！"猝不及防的一耳光，艾琳娜下手不是一般的狠，我的左脸火辣辣地疼，"连男人也和我争！"

兰经理这晚的生日可以说是因为我给毁了，艾琳娜扇了我一巴掌后提着她那爱马仕的黑色包包扭着屁股就冲了出去。乔安不知从哪儿整来的冰毛巾赶紧往我脸上敷，戴茜拿过那把深蓝色的雨伞细细端详，只见伞把上刻着几个字：娜娜的亚光。

"八年了，这男人终于踹了艾琳娜。好样的，温妮。"戴茜伸过一个大拇指在我面前晃悠，我看到沉默的乔安，他的脸色更加难看。

【肆】

十七岁那年，我在圈子中已经小有名气，而那一年的模特大赛，我超越了戴茜获得亚军，冠军依旧属于艾琳娜。我对这场比赛的每一个细节记忆犹新，并不是因为我拿了亚军，而是因为……

模特大赛通常是在下午或晚上才开始的，但每个进入总决赛的选手会在早上到达赛场，组委会提供专业的造型师为模特们上妆、做发型。

我闭着眼睛，化妆师手中的粉扑在我脸上熟练地游走。我听到身后艾琳娜站在化妆间门口和一个男人低声吵架，具体内容听不清，但从艾琳娜的声音来判断，她应该是愤怒至极的。

第一轮泳装比赛前，选手们被分为十几个小组，每组八人进入一个房间。房间的沙发上坐着这次大赛的评委们，有男有女，但老男人居多。我们听着"向右转""向后转"的指令，穿着比基尼在这些人面前如同玩偶。有几个第一次参加比赛的姑娘因为羞涩迟迟不肯进房间，在后台也用大衣裹着自己。只听到乔安对着那几个姑娘道："人家评委什么没见过，比你们这帮姑娘身材好的也都看腻了。再说，哪哪都包着呢。等你们多参加几次比赛，到时候光穿着比基尼也能在观众席上来回穿梭。"

乔安说这话时冲着我一个劲儿坏笑，因为这些话他曾经也对第一次参赛的我说过。而刚才，我就是拉着同样穿比基尼的戴茜从观众席间穿过来的。

接着泳装环节的是自选装环节，而每个比赛最终压台的一定是晚礼装环节的展示。晚礼服有长有短，但都能够将参赛选手那袅娜的身材包裹得恰到好处。无论平时走野性风还是妩媚风的模特，在这一环节都要将步子迈小，突出优雅的气质。每次比赛艾琳娜都是一身淡粉色的礼服，走到台前定位时会将她的右手做出兰花指的样子轻轻搭在左肩，这个动作举手投足之间都充满了女人味。而戴茜喜欢穿着黑色的鱼尾礼服，在台前双手叉腰做出一个基本定位的姿势，这个动作相比于艾琳娜明显有着活泼与热情的痕迹流露。我选择了宝蓝色的礼服和气质路线，这个路线介于艾琳娜和戴茜之间。这些年，我跟在艾琳娜和戴茜身后学习二人的台步风格，却又不想成为别人口中第二个艾琳娜或是第二个戴茜，所以我将两人的风格综合，找到了适合自己的色彩与定位动作。踩着音乐的节拍，我缓步从台后走出，身后拖着蓝色的绸缎裙摆，在台前定位时，我选择了侧身，双臂自然下垂，我相信，简单大方的气质才是最好的。

比赛结束后，评委们进入休息室进行成绩汇总，模特则去后台休息等待颁奖典礼。兰经理说，这次比赛的冠军一定是我，乔安说，他当时在台下站着猛喷口水，乔安还说，评委席上的几个人都在称赞，说什么长江后浪推前浪，零点公司超越艾琳娜的超级女神诞生了。

休息期间，我看到艾琳娜进入评委休息室内拉着一个男人走出来。两个人情绪都很不好，男人好似不想搭理艾琳娜，但艾琳娜却一直捂着自己的小腹，一脸哀求。

戴茜说，她虽然不希望我超过她，但她很想看看艾琳娜被我比下去的场面。所以，如果我在此次比赛拿了冠军，她依旧会特别开心。

奖项的顺序是按照优秀奖、单项奖、十佳模特奖和三甲的顺序颁发，优秀奖便是大家都明白的安慰奖。主持人一个个地念着名字，评委们一轮又一轮地上台给选手们颁奖合影。

"最佳印象奖获得者，二十九号温妮！恭喜！"

我皱皱眉头，走上前去微笑。

"下面宣布获得'十佳模特'称号的十位优秀选手，第一位，二十九号温妮！"

我再次上台，心想着前三已经没戏了。通常进入前三的模特们不会有这些杂七杂八的奖项，顶多也就是一个前三的名次加一个单项奖。

"最激动人心的时刻到了。季军得主，三十三号戴茜，恭喜！"主持人笑着将戴茜牵到舞台中央，"接着是亚军，亚军会是谁呢？再次恭喜二十九号温妮！"

我走上台和戴茜面面相觑，台下也有一些嘈杂，主持人圆场道："温妮，你是今天比赛中年纪最小的选手，只有十七岁，也是今天获奖最多的选手，一次抱回去了三项大奖，现在的心情是不是很激动呢？"

"谢谢评委老师们对我的肯定。"我接过主持人递来的话筒。

冠军已经毫无悬念。

【伍】

从兰经理生日宴上回来后，我将那把伞随意地扔在洗手间，心里有些不大舒服。看着镜中依然肿胀的左脸，心里把张亚光那个挨千刀的混蛋骂了无数遍。

第二天早上我来到凯珊公司，心想着怎么和王董解释才能顺利地去张董那边，又不至于让他们二人以后见面难堪。刚一推门，王董看向我："你和张董的事情我都知道了，去收拾东西吧。"

"谢谢王董这个月的照顾。"

"没想到最终代替艾琳娜站在张董身边的人竟然是你。不过，这倒也不稀奇。"王董不再看我，他低着头，我能听出他语气中的情绪。

正当王董的话还让我有些稀里糊涂时，张亚光就亲自让我明白了现在是什么状况。

身后两下敲门声响起，我还未来得及回头，就感觉到一只手自然地揽过我的腰，紧接着一枚蜻蜓点水般的吻划过我的脸颊。我的脸瞬间升温，感觉自己像石锅里滚烫的大虾，而那人却冲我一个坏笑，对王董道："老王啊，这事儿是个秘密，咱哥儿俩知道就行。我不想我们家小妮子在这期间出什么事情，所以放在眼前还是比较心安。"

王董有些尴尬地笑笑："一定的一定的。温妮肯定是在你的公司最妥当。那我等着你们的请柬。"

后来他们两个人寒暄了几句，张亚光拉着我扬扬得意地离开了凯珊公司。临走前他还当着王董的面捏了捏我的脸，宠溺十足。一出公司门，我就连忙甩他的手，他倒好，一直死死地握住，还一本正经："老王那个人心机很重，万一在窗户上看着咱们，那就露馅了，所以坐上车前你得一直拉着我这个美男，亲爱的。"

我给了他一个白眼儿。

"怎么，你怕一直拉着我会心动啊？那你可千万别对我动心，追我的美女太多，我已经有免疫了。"

张亚光絮絮叨叨地为我拉开车门，这一系列动作熟练又自然，想来是已经为不计其数的女人做过这样贴心的服务了。于是我没有表情地坐在副驾驶的位置上，他关了车门。

"小妮子，你的脑袋里一天都在想什么？我可不是什么样的女人都要，要也要最精致的。"

我被他看得透透的，不禁转过脸对他一笑："真是个了解女人心的男人。"

"你的脸怎么了？像是被谁打了一样。"

张亚光不提这事还好，提了我就来气："还不是那把伞惹的。"

他没说什么,把车直接开去了药店。不一会儿就提了一袋子药,外敷内服的都有。接着又从兜里掏出来两个煮鸡蛋,轻轻剥着皮儿递给我,示意让我在肿胀处揉揉。他没有问昨天晚上发生了什么事,但我肯定艾琳娜在离开零点后一定打电话质问过,所以刚才张亚光看到我生气的表情和肿胀的脸就什么都明白了。

我有些感动地向他投去一个带着谢意的眼神,他看到我不再生气,又嘚瑟起来,抢过我手中的那个鸡蛋放进嘴里咬了一口:"我不是喜欢你,只是善待我的职员。怕你跳槽而已。"

"好恶心……"我看着他将我揉完脸的鸡蛋三两下吞进肚子。

"其实,我是有洁癖的,不过,今天遇到你,就什么毛病都没了。"

【陆】

我在张亚光的星海文化传播公司里很轻松,类似车展这样耗费体力的活动都安排给了别人。而我只是偶尔接一次轻松的珠宝展示秀活动，一场秀下来大约十多分钟，一天两场，但待遇非常丰厚。

慢慢地我有些闲不住了，张亚光办公室书柜里的书被我翻看了个遍，就差把《水浒传》中一百零八将的名字按顺序背出来。

"张董刚才出去了，你把书先放在我这里吧。"张亚光的秘书接过我手中的书。

"董事长都不在办公室，也没人要求我坐班，还不如约几个姐们儿出去血拼呢。"我挎上小包，经过公司新模训练的地方时，朝里面探了探头。那些女孩子也就二十出头的样子，她们头上顶着书，在T台上小心翼翼地走着。这项训练是为了让模特走路时腰部以上保持稳定，因为摇头晃脑走路的女人实在令人不忍直视。

公司外的楼梯间，我清晰地听到张亚光的声音："娜娜，我知道是我欠你的，我很愧疚。但是，我对你的感情不是爱。"

我撇撇嘴，按下电梯。不巧的是，张亚光正好挂了电话从楼梯间出来，我尴尬地找话题："那个，我出去吃下午饭。饿了。"

张亚光看了看表，嘴角朝上挑了挑："等我，一起走。"

他小跑进公司，我站在原地捶胸顿足。现在的时间不到四点，张亚光一定看出了我的窘迫，但是没有拆穿。再次出来时，他手上拿了两盒牛奶："晚上有应酬，听某个小妮子的话，喝酒前先喝些牛奶对胃好。"

这话是之前他去应酬时我说的，不知为什么，我心里一阵暖暖的。

"晚上一起去吧，我怕应酬时会有一群美女扑过来。作为职员，你应该在一旁保护并且及时解救自己的老板。"

我和张亚光来到国会壹号的一个包间，里面已经坐着几个中年男人，他们身边都有妖艳的陪酒女。其实，有些陪酒女原先也是模特，因为陪酒来钱快，相比于车模又很轻松，也有机会抓住些金主。她们不在乎这些金主给不给自己名分，只要金主肯打开金袋，要做什么一切都好说。

与那几个中年男人相互介绍又寒暄了几句后，我坐在张亚光身边。这时国会壹号的妈咪带了几个姿色不错的姑娘进来，张亚光随手指了一个，剩下的姑娘便退了出去。那姑娘挤着身子坐在我和张亚光的中间，我看看姑娘，又看看张亚光那停留在姑娘大腿上的眼睛，自觉地抬起屁股朝旁边挪了挪，喝了一杯酒。

"我觉得你挺不错的，看着很有男人味儿，是我喜欢的类型。"我的余光瞥见那姑娘，她边说边帮张亚光整理了一下衬衣领子。

"美女，你在这里做销售公关还不如到我的公司来，天天看着你，我这心里才舒坦。"

张亚光将杯中的酒喝完，把那姑娘的手从自己的肩上拿下来。他将这些陪酒女称为销售公关，对她们非常尊敬，和对面那几个上下其手的中年男人反差很大。

"我就是来玩玩，其实我的正经职业是给我爸当闺女儿，我爸是个矿主。怎么样，要不要和我交往试试。"姑娘又给张亚光倒了杯酒，递到他嘴边。

"哎哟，那我可养不起你。"张亚光笑着喝下姑娘递来的酒，眼神暧昧地与姑娘对视。

"那人家可以包养你啊。"姑娘说着，小手又攀上了张亚光的脖子。

张亚光与陪酒女打情骂俏的场面令我恶心，我将杯中的酒一饮而尽，提着包包起身就走。乔安恰好在国会壹号附近，他让我在停车场等他。乔安下车后，闻到我一身酒气夹杂着呛人的烟味，正准备张嘴教育我，我"哇"地一声就抱着他哭了出来。

乔安吓得一个劲儿轻拍我的背，连哄带安慰地才把我给劝好。或许是酒精的缘故，我也不在意脚上那双女王范儿十足的 Prada 高跟鞋了，脱掉它们就扔了出去，嘴里还喊着："张亚光你个混蛋，神经病，色情狂！"喊舒服了，我被乔安抱上车，接着就睡了。

第二天醒来，乔安已经在煮粥了。睡在他家我很放心，因为乔安从没拿我当过女人，而且他有戴茜那么火辣的妞儿天天缠着，所以我很安全。

乔安走过来犹豫着想跟我说些什么，后来又说没什么事，让我赶紧喝了粥去张亚光那里报到。

【柒】

我去公司后，张亚光对昨晚的事闭口不提。我觉得他有些薄情，至少我喝了那么多酒离开，作为一个男人，按理都会打来电话询问的。

公司依旧给我安排轻松、待遇又丰厚的活动，我渐渐地开始对奢侈品的兴趣减弱，全部精力放在了星座属相配对上面。我知道张亚光是属兔的，白羊座。

乔安和戴茜都建议我可以自己开一家文化传播公司，他们也会投资一部分。我委婉地以年纪太轻为借口拒绝了。其实我想留在张亚光的星海公司，至少每天我能够见到他，只是自从那晚国会壹号的事情后，他对我的态度明显冷淡了。

乔安每天下午都来公司接我，有时候中午空闲还会亲自做了好吃的便当送过来。他知道我喜欢吃寿司和甜点，总是跟着网上的教程学做各种各样我爱吃的食物。想想几年前的他连泡面这样神圣的食物都可以做得无比难吃。

"温妮姐，能不能帮忙把这杯温水送进张董办公室，我去趟卫生间！"张亚光的秘书留下一串话音，人就消失在我的眼前了。

我端起那杯水，敲了两下张亚光的门，待他下达"进来"的指令。没人答应，我又敲了两下，里面才传来声音。

艾琳娜坐在沙发上低着头整理头发，爱搭不理地哼哼着："要杯水也来得这么慢。"

我将水杯放在艾琳娜面前的茶几上,她抬起头先是愣了愣,接着端起杯子就将水泼了我一脸:"贱货,抢了秘书的活儿来接近亚光吗?"

"娜娜!"张亚光喊住艾琳娜,但却冷冰冰地对我道,"桌上有纸,擦干净,你先出去吧。"

"亚光,你说过你欠我的,那好,我不许你和这个女人在一起,也不许你对她动情,不然我就死给你看!"艾琳娜像个刁蛮小公主,不,是老公主,因为她马上三十了。

"这点你放心,温妮不过是我的职员而已。"张亚光说这些话的语气让我有种被嫌弃的感觉,他在践踏我的自尊心。

"这才对得起咱们俩的孩子。"艾琳娜一句话犹如五雷轰顶。

我不知道自己是怎么走出张亚光办公室的,总之,艾琳娜的笑声格外猖狂,还伴着张亚光的沉默。我告诉自己终于有了离开的理由,因为没有了盼头。我爱着的这个男人都已经和别的女人有孩子了,这个男人去风月场所和陪酒小姐打情骂俏,和前女友纠缠不清,自恋甚至是自负,没有责任心。重点是,他根本对我没有半点儿感情,我原以为的那些令人产生错觉的语言和行为，不过是一个浪子简单的习惯罢了。

那天戴茜约我吃饭，她问了我许多关于女人如何向男人表白的事情。我说，我自己也不清楚，我对感情一窍不通。戴茜说，她决定给乔安表白，还说当年我进公司的时候她就心系乔安了。

后来我们晚上又一起商量了自己开公司的事情，我定了公司名称，思亚文化传播公司。他们都说思亚这个名字好，不求夺冠，亚军足矣，有一种谦和的味道。

我附和着说："对对，就是这个道理。"

思亚，思念亚光。

【捌】

公司很快进入正轨，因为我们几个对这一行已经非常熟悉，加之这些年的人脉，公司的业务风生水起。兰经理还时常打来电话开玩笑，她说乔安和戴茜从零点走后，把那些客户也都带走了，有些模特也跟着他们来到了思亚，她说，如果自己在零点混不下去，也要投奔我们几个。

凯珊公司的王董也来过，他是来祝贺我的。顺便问我是不是和张亚光分手了，是不是把孩子也做掉了。我笑了笑，张亚光当时可真能开玩笑。

我泡了盖碗茶给王董："是啊，那个无情无义的男人不要我和孩子了。"

"张董怎么又这样，好多年前艾琳娜就为他流掉过一个孩子。"王董享受地喝着我泡给他的庐山云雾茶。

"好多年前？"我皱了皱眉，原来几次听到张亚光说自己欠艾琳娜的，就是因为这个流掉的孩子，这到底是怎么一回事。如果张亚光真的喜欢艾琳娜并且因为那个孩子深感愧疚，为什么还要甩了艾琳娜。

"六年前第一届'美丽人生'模特大赛上，那次比赛你得了亚军和另外两个奖，你没有觉得奇怪吗？以你的能力，在那次比赛上获得冠军是不成问题的！"王董看着一脸无知的我，摇摇头继续说，"组委会本来已经选定你是冠军了，这时，艾琳娜突然进入评委休息室，当着我们所有人的面儿对亚光说，她怀了他的孩子，当时林总也在，后来林总提议说为了祝贺艾琳娜，不如喜上加喜凑个吉利，把冠军给艾琳娜。"

"林总?"我在脑袋里回想着这个男人。

"就是……上次在我办公室坐在你旁边的林总,当时他也是评委之一。后来张董有些生气,和艾琳娜出了休息室。回来时,张董说这件事非常不好意思,对你也不公平,于是建议给你多加了两个奖项。"

我突然想到六年前的那个男人,原来他就是张亚光,艾琳娜的男朋友。

"张董当时说,你这个小丫头训练时特别刻苦,有一次他去零点,正巧碰到你在练习,一步没走稳差点儿掉下T台,多亏了他从后面一把抱住你。我们还开他的玩笑,说女朋友有孕在身,可千万别分心在一个小丫头身上,他只是笑笑。"王董把手中的杯子放下,伸手捏着盖碗中较为柔软的茶叶底:"不过张董好像觉得艾琳娜怀的这个孩子不是他的,当时张董才出差回来两周,艾琳娜告诉他时,肚子已经微微隆起了。这些话是张董喝醉后跟我说的,谁知道是真是假,后来艾琳娜在一次活动结束后流产了。当时我和张董在外地开会,是林总打来电话报告的这个坏消息。"

我很感谢王董告诉我的这些事情,起码让我知道了原来自己在十六岁的时候就和张亚光有了瓜葛,而不是二十三岁。

王董临走时还含情脉脉地望着我："温妮，我和老婆离婚了，随时准备着为你赴汤蹈火。"

我笑着感谢他，并且送了他一盒安溪铁观音，那是王董的最爱，我还记得。

很快，第八届"美丽人生"模特大赛又进入了海选阶段。海选地点定在我们公司，我找了几个可信的模特做评委，没想到林总也来捧场。看着林总那色眯眯的眼睛在众多模特中游来游去，我忽然有种反胃的感觉。戴茜说，以我的年龄依旧可以参加比赛，我谢绝了。那次得了亚军后，我便不再参加比赛，只做活动。冠军这个位置不好坐，心惊胆战的，还是亚军好，有种谦和的味道。

海选之后是复赛、半决赛，重量级的评委一般都只在总决赛的现场亮相，我也不例外。这次的评委还有艾琳娜、乔安、王董、林总、兰经理和张亚光，戴茜不愿意做评委，她说，那样的打分场面太残酷，她不忍心。没想到这个性格火辣的妞儿也有同情心泛滥的一面。

总决赛时，张亚光坐在我的左边，乔安坐在我的右边。我和张亚光礼貌地客套了几句，我们大约几个月没见了。

乔安帮我拧开了桌上的矿泉水，他的每一个动作都是那样贴心。我觉得张亚光好像在偷偷看我，侧头时，他又装着在看T台上的模特。

中场休息期间，我突然想到六年前自己曾在这里的一个楼梯转角处默默给自己打气，那个转角的风景格外美丽。我顺着楼梯向上走，忽然听到了一男一女的对话声。此时我感觉到身后好似有双眼睛在看着我，回头，是张亚光，他做了一个"嘘"的动作。

"海选的时候瞅来瞅去都没有个中意的姑娘，今年参加比赛的模特质量太差了，哪有你们第一届的质量好啊。"男人的声音一股子嫖客味儿。

"你够了，我现在是张亚光的女人！"女人这么一说，我和张亚光对视了一眼。

"如果张亚光那小子知道你当年海选的时候因为钱主动跟我睡了，还怀了孩子，他会怎么想？"男人猥琐的声音夹杂着威胁，"你骗了他这么多年，用一个孩子把他拴在你身边。不过那小子也真够冤的，还真以为你是因活动受累而流产，他要是知道你是怕孩子不够月份就出生，所以自己去做了流产手术的话……"

"你闭嘴!"艾琳娜的声音尖锐得恐怖,同时,我感受到了身旁颤抖的张亚光。我轻轻拍了拍他的背,在楼梯上给了他一个安慰的拥抱。

"今晚我陪你睡,但你要永远守住这个秘密。"艾琳娜的声音再次响起,低沉,无奈,整个楼梯间传着闷闷的回声。

"那还不如现在呢,老子早就憋不住了。"随着林总的话音落下,紧接着就是艾琳娜反抗的声音。

我意识到事情不对,看着还未回过神的张亚光。我不能感同身受,但看到他的样子又听到他的事情,我不禁狠狠地心疼起来。我拉着张亚光又上了几节楼梯,林总看到我们,连忙咳了几下从旁边的小门出去了,留下靠在墙角一脸受惊的艾琳娜。

"亚光,对不起,我错了,亚光,我只是不想你离开。"

"晚礼装环节的比赛要开始了,快走吧,别耽误了。"张亚光出奇地冷静,他扶起艾琳娜,回头对我笑笑,告诉我,他没事。

我许久没有见到张亚光对我笑了,只是这个笑包含了太多的疲倦。

我在台下看着那些穿着款式不同、颜色各异的晚礼服的选手们，她们有的妖艳，有的野性，有的妩媚动人，却找不出一个简单大方、气质出众的选手。

"振奋人心的时刻到了，现在，我们就来宣布今天的冠军得主。恭喜二十九号姬恩！"

主持人早已经换了，但台词永远是这样的老旧。冠军是二十九号，这个姑娘我有印象，她走的是妖娆路线。除了有印象，我还觉得好似在哪里见过她。不过我很庆幸，六年前的二十九号得了亚军，六年后的二十九号无疑获得了全场最高的呼声。

【玖】

乔安和我一起从赛场出来时，我们被一个姑娘妖媚的声音叫住。

"姬恩啊，怎么了？"乔安和我都认得她，她是今年比赛的冠军。

"温妮姐，你不记得我吗？"姬恩的妖媚让我更加看着眼熟。

"国会壹号那次,你和亚光哥,他因为你还跟我发脾气呢。"姬恩嘟着小嘴。

国会壹号?我又打量了一下眼前这个姑娘,忽然想到那晚张亚光选的陪酒小姐,说是要包养他的陪酒小姐。

"亚光哥好像很喜欢温妮姐,当时我和他开玩笑说,要包养他,结果你刚一走,亚光哥就吊着脸怨我把包养他的女人给气跑了。"

"我包养他?我有病吧!"姬恩的话把我逗笑了。

"当时我真的以为亚光哥被你包养了,因为你刚一出去,他就跟赶着投胎一样也追了出去。要不是我缠着他,他早就把你拉回来了。"姬恩说着看了看我身旁的乔安,"对了,那晚亚光哥追到停车场时,还看到了你和乔安哥在深情相拥呢。后来亚光哥喝得醉醺醺的,说什么很多年前就关注你,喜欢你。温妮姐,你要是不喜欢亚光哥,就让给我吧?"

我点了点姬恩的脑袋,和她道别。回家的路上,乔安跟我说了抱歉。那天早上乔安本想告诉我这些事情,但是怕我知道张亚光的心思后,从此会和他疏远,所以犹豫了再三的乔安选择守住这个秘密。

"哥们儿，戴茜可是暗恋了你十年啊！"我正准备向乔安大力推荐戴茜时，忽然看到乔安握着方向盘的左手上戴了一枚情侣戒指，"这是……你不会已经和戴茜好上了吧？"

"嗯。"乔安浅浅地笑着。

"好家伙，你们居然不告诉我，真不够意思。"我盯着乔安手上那枚设计独特的戒指，心中暗暗地羡慕，若是有一天我能和张亚光一起带着情侣对戒该多好。

"下车！"乔安的声音打断我的思绪，我朝窗外张望，是一片草坪，"我只负责把你送到这里，其余的什么都不知道。快下车吧，我还要接戴茜呢。"

我鄙视地看着眼前这个谈了恋爱就重色轻友的家伙，狠狠地关了他的车门。

"小妮子，闲暇的时候，我想和你一起仰望天空数数白云……"一句极度恶心的话从我身后传来，张亚光穿得很正式，直挺挺地站在我面前。

"小妮子，希望我能每天叫你这个傻瓜按时起床。小妮子，在某个夏日的午后，我想和你一起打哈欠一起犯困。小妮子，寒冷的冬天，我想和你一起藏在暖暖的被窝里讲悄悄话。小妮子，我想为你卸一次妆，温柔地，体贴地。

小妮子，我想让你开心得像位公主，因为你是我心中的天使。小妮子，我想陪你看一辈子的电影，总是在你身旁为你右手举着你最爱的酸奶，左手捧着大桶爆米花……"

"停！张亚光，你丫儿傻爆了！"我冲着呆若木鸡的他喊。

"别打断，一百零一条，没背完呢。小妮子，我想用我的爱淹没你，让你看不见其他人，只为我心动。小妮子，我想……"

张亚光那家伙絮絮叨叨地让我头疼，我索性上前一步踮起脚尖直接堵住了他的嘴。我的吻落得很轻，被动的张亚光渐渐搂住我的腰转为主动。他轻轻地吸吮着我下嘴唇的每一处，灵蛇般地探开我的双唇，柔软的舌头有节奏律动似的绕着我的舌尖，画着一个个幸福的圆圈。从第一次坐在他的车上，瞄到他那诱人的嘴唇时，我就在意淫和他接吻的场面了。但是我没有告诉他，不然他一定会说："温妮，你丫儿才是真正的女流氓！"

其实在我的抽屉里，放着一个LV的门童款红色记事本，还有一支施华洛世奇的水晶笔。我在本子的每一页记录下一条愿意为张亚光做的事情，一共一百零一条。现在这个本子的牌子和那支笔上有多少水晶已经对我不重要了,重要的是这一百零一条我愿意为他做的事情。

最后一条是这样写的:张亚光,我想为你写下一辈子都数不完的"我爱你"。

2013 年 5 月 21 日

紫禁城外缘不尽

【楔子】

我时常会做这样一个梦,梦里的我喜欢穿着素淡的宫装,靠在一个男人温暖的胸膛上。男人有着极其深邃的眼睛、高挺的鼻子和棱角分明的嘴巴,然而我最爱的,却是他嘴角旁两枚小而深的酒窝。

梦里,那男人总是会拥着怀中的我,深情地念着我写给他的诗。

紫禁城外缘不尽

缘来缘去天地知，此缘不尽梦相识。寒星残月叹人痴。碧瓦红墙掩故念，萧郎表意未迟迟。梅妆倚榻嫁衣织。

【壹】

今年冬天，我又一次从西安来到北京，那是我梦寐以求的地方。我梦寐以求的不是北京这座城市，而是金碧辉煌的紫禁城皇宫。

妈妈在这座压抑的城市里工作，我常来此地，只是每一次来北京都是被禁锢在酒店里，独自看着窗户外面，郁郁寡欢。

这日，终是得了个空子，我背上黑色的双肩包从酒店里跑了出来。是跑出来而不是走出来的，我生怕稍微慢一点儿就会错过这里更多的精彩。

闲闲地在大街上游荡，就这样走着走着撞上了一道人肉屏风。抬眼的一瞬间，看到来人极其有神的眼睛，我突然有了那么一丝恐惧，于是卑躬弯腰连连道歉。这里不是我的地盘，我一个外地人还是规规矩矩的好，更何况现在只身一人走到了哪里我都不清楚，说白了就是俗语里的

"找不着北"。

道歉后，我以最快的速度想要抽身逃离案发现场，以防遇到个不好惹的主儿大街上对着我骂骂咧咧，那就真的有失颜面了。正欲走过此人，却听到一个低沉有力的声音在耳边响起："不是本地的吧？"

这句话由我的耳膜传达到大脑后，我的心里飞过了N种不好的可能性，比如，是否要以把他某处骨头撞断的理由趁机讹我盘缠，又或者是个正在搜索目标的人贩子首领，还有可能是处在落寞时期的情场高手等等。归根结底就是四个字：来者不善。

我正色转身，抬头看向他道："怎么了？"

他突然好笑地看着严肃的我："别害怕，我不是坏人。"

我没有说话，直勾勾又赤裸裸地盯着他那张棱角分明的脸，他笑起来有两个特别深又特别熟悉的酒窝，完美的双眼皮在笑起来的那一瞬间使得眼睛越发深邃，好似永远看不到底，忽然之间我有种很是熟悉的感觉。

"今天没事，我一个人也在瞎转，不如带你逛北京？"这有力的声音再次从头顶上方徐徐飘落下来，笼罩在我冻得没有血色的面庞上。虽是一个可以由我做决定的问句，可我却不知要如何拒绝，他的话语又好似根本不容我拒绝一般。就这样，我勉强相信了这冷漠的社会中还是会有好人的说法，和他开始了为期一天的北京旅行。

"带我去故宫吧？"我眼巴巴地望向这个男人，虽然长了这么大，但无论我的人在哪里，心都总是不由自主地飞向那座皇宫。

"好不容易出来，为何你还要回去？"

这个男人忽然问了一句莫名其妙的话，我有些疑惑地看着他，但他只是用一副笑脸回答了困惑的我。

我们乘地铁由建国门坐到了天安门东。一路上我有些沉默，对于这个陌生人来说，我的心还是时刻拉起警戒线的。

【贰】

此时故宫的游客并不多，因为很少有人会像我一样在三九天去故宫里游荡，况且现在也不是一个穿越的绝佳时机，因为时空隧道很有可能已经被冰封了。我心潮澎湃地钻进午门，踏着龙脉一路前行。他随着我的脚步，时快时慢，亦是兴致勃勃。

"你之前来过故宫吗？"我盯着太和殿内璀璨生辉的蟠龙宝座随口问他。

"今天算是第一次来。"他淡淡地回答，眉宇之间有些遮掩。

我没有多心，作为一个北京人没有进过故宫这并不奇怪，因为我一个在古都长安生长了二十年的人，都从来没有上过钟鼓楼，没有进过大雁塔，甚至连碑林在哪里都不知道。

我一个机灵看着他得意道："那我给你当导游吧。"

"你？"他狐疑地看着眼前这个一到北京就要进故宫的土帽儿观光客。

"对呀，我连做梦都想着有一天能在故宫穿越，所以自然对古代的文化比较了解。"

"你想穿越回古代吗？"他笑着看我。

"当然了，晚上做梦总是会来到这儿。"

"好吧，我在故宫里竟捡了个导游。"他开着玩笑，随我绕到太和殿后面的中和殿去。

"那，多谢王爷出手相救。"我亦嬉皮笑脸。

紫禁城外缘不尽

沿着中线我们一路踩着龙脉经过了保和殿、乾清宫、交泰殿、坤宁宫以及电视剧中总是少不了的御花园，出顺贞门向右拐，走了约莫三百来米的路，则拐进一条长巷。巷子两侧红墙高耸，压得人甚是难受，远远望去，好似这巷子没有尽头，眼前只是一片暗红。我的心情也顿时受了此情此景的感染，黯淡了许多，想到古时的妃嫔得不到圣颜垂注也罢，还要白白在这红墙中孤独一辈子，真真是宫门一入深似海，红墙闭锁伊人心啊。

我看着走在左前方的他，步子亦有些慢，好似有什么心事儿。脑海中突地闪现了一个场景，在这碧瓦红墙的巷子里，我踩着白色的花盆底，紧紧地攥着手里鹅黄色的丝帕，着一身素色海棠纹饰的绸缎衣服，并未带过多首饰，头上只是零星插着两三个珠花而已，唯独左手中指上带着的一个云纹镂空掐丝的金戒指非常醒目。而他，则着一身月白色蝙蝠纹饰长袍挺身而立对我许下"愿得一人心，白首不相离"的誓言。我颤抖着仰起头，望向四面红墙，心中明白，既已进宫，就一辈子都是皇上的女人，岂能再和别的王爷有所沾染。梦终究是要醒的，于是我狠狠地拔下左手上那枚他为我戴上的戒指，用尽所有力气摔了出去，而后转身离开。我并没有在他面前落泪，强装着一副冷漠的神态，傲慢地离去。

这个场景在一瞬间来得太过于真实，仿佛在我回过神儿时，耳畔仍能听到似有似无的花盆底沉重地踩着地一下下远去的声音。此时，我和他已经走出了这条神秘的巷子。

回过头，我抿着嘴又看了一眼身后的红墙。

"你能带给我什么？我要的是一人之下万人之上的皇后位置。你是皇上的弟弟，不过是一个卑贱的庶出罢了。"

这刺耳的声音再次向我袭来，我被吓得一口气跑出了锡庆门。

此时太阳骨质疏松地爬了出来，阴了一个上午的天气终于略微放晴了些。

【叁】

经过那条巷子后，我不知道为什么心里特别难受，真真是不想在此逗留下去。于是在我的强烈要求下，他带我离开了这座皇宫。

与他一同来到王府井。刚走进小吃街没几步路，我不经意侧头瞟到了"炸酱面"三个大字，顿时口水就要从每一个味蕾中喷涌而出。我激动地拽过他的胳膊就冲进了店里："上两碗炸酱面！"

坐在凳子上，我僵硬地抽出筷子，用了吃奶的力气才掰开它。刚才在故宫只顾着玩儿，完全忘记了北京这三九天儿的温度，现在回过神儿来，手已经冻得没了知觉。我不好意思麻烦他帮我拌面，于是使劲儿握住手中的筷子，把碗里的那些面戳过来戳过去。这个时候，我终于体会到什么叫作心有余而力不足了，我越是想要把面前的炸酱面拌得漂亮些，动作就越是僵硬得可笑，我甚至已经在心里憋笑得快要内伤了。

"笨，连筷子都拿不好。"这个声音的出现，终于解救了快要憋死的我。他顺手夺过我手中的筷子，熟练地拌着我碗里的面，让每一根面条上都沾满那美味的酱汁。

"这拌面啊，就像皇上宠幸嫔妃一样，不可专宠，雨露均沾，方能使六宫和谐。你若想在宫中过着一生一世一双人的日子，那可真是痴心妄想了。"我的眼前忽然浮现出梦里那个常常与我相拥的男人，他带着女扮男装的我从宫里溜出来，坐在一家小馆子里，仔仔细细地帮我拌着面前那碗香喷喷的炸酱面。

北京的糖葫芦当然是不可不尝的,想想莫小贝那厮,总是能被佟湘玉的几个糖葫芦唬得乖巧听话,这糖葫芦的诱人之处也就更添了几分戏剧色彩。我和他一人捏着一串豆沙馅儿的糖葫芦并排走在王府井的大街上,他吃得特快,转眼一看几个裹了金的红疙瘩都下了肚,我还在那儿磨磨叽叽地琢磨着该从哪个方位下口,吃进嘴里才会比较舒服。

"你怎么吃那么快?"我鄙夷地看着他。

"那是因为你嘴小。"他一笑,我就硬生生拜倒在他那深深的酒窝下了。

他说我嘴小这话,我心里听了特别乐和,但我确实是个大嘴,高中那会儿吃3+2的饼干都是浑浑地(陕西方言,一口气吞下去)一口塞进去,闭上嘴看起来就像嘴里什么东西都没有一样。但这会儿,我估摸着是北京天气冷,我这嘴热胀冷缩后,也就显得有那么几分樱桃姿色了。

【肆】

"这位王爷,我们可否找一处暖和的地儿坐下来喝点儿东西？冷。"我真的是个特别怕冷的人，本打算今年冬天是要背着包袱逃到海南去的。

"对面有个麦当劳。以后出门要多穿点儿，你现在穿得这么少，到老了都是病。你看周围的人都在看你，他们肯定在想是我让你穿成这样就出门的，肯定在想这女孩儿的男朋友也不管管她……"

"那你举一牌儿搁胸前澄清事实真相不就得了。"

"这个方法不错。"

我和他絮絮叨叨地坐进了麦当劳二楼。他下楼点餐时，一个手里拿了许多挂件的女孩儿朝我走过来。她出示了一张卡片，说她是聋哑人且希望我买她一条挂件，我瞧着有一对儿"卍"字纹样的吊坠不错，便给了那聋哑女孩二十块钱。

我将其中一个深红色的挂件自己收起来，另外一个墨绿的则给了他。虽说是陌生人，但彼此留个纪念，以后想起来，兴许也是美好的。坐在麦当劳里聊天时，我并没有问他的名字、年龄以及工作等等，他也同样不问我。

"其实，你可以叫我玉儿。"我咬着橙汁的吸管无意地开口。

"大玉儿还是小玉儿呢？"

"当然是大玉儿，我只做大不做小的。"

天色渐渐暗下来，他说送我回去，于是我们在王府井乘了地铁。

看着地铁卡背面纵横交错的路线，我一下子有了占有它的念头。于是我对他说："这个卡能不能带出去？"

"不能。你要干吗啊？"

"我想要一张。"

"啊？这卡有什么好的？"他此时一定觉得我神经不正常。

"哎呀，就是想要一张留个纪念嘛。"我像没见过世面的村姑一样，看着手里的地铁卡兴奋不已："你要不多买一张，不刷它，出去后直接带走？"

"那我试试吧。"他有些无奈，不过我打保证他以后绝不会再碰到有姑娘向他提出这么二逼的请求了。

"等等，万一你装着这张卡出门时警报响了怎么办？那不就尴尬了。"

"就说忘了。"我猜他应该也想试试看结果会如何，毕竟如果我不提，他应该也不会二逼到自己多买一张地铁卡带出去。

结果我很顺利地把这张卡拿到手了,开心得不得了。或许正是因为在一个陌生的城市,我才能够毫不在乎别人的眼光。若是平时,我就是疯了都不会这样做的。

【伍】

天色总是说暗就立即暗下去的,他送我到了酒店门口,我真的不想就这样走了。但是,我只不过是一个来北京旅游的人,在古都长安还有我真正的生活。

临走前,他张开双臂,我们结结实实地来了个拥抱。然后我挥手对他说了声"再见",转身即走。

转身的那一瞬间,我告诉自己梦醒了。人终究是要回到现实中来的,就算梦境再怎么美好,那也只是在睡觉时才会拥有的,除非我有充足的时间可以用来昏昏欲睡。

就像一个入了紫禁城的女人一般,宫门虽似繁华美妙的梦境,但只有入了宫门才知,犹如红墙般的现实是多么的残酷。既然红墙闭锁了伊人的芳心,那么,我也就此将这份情谊留在紫禁城的深宫之中吧。若是以后想起这段荒唐的故事，还可以去紫禁城内找寻当年的丝丝记忆与欢笑。

晚上窝在酒店柔软的被子里，百无聊赖地玩着手机。妈妈突然说："今天是3月28日出生人的红心日。"

我未答话，但心里轻轻颤了颤。

该放下的是要放下，即使放不下也要藏在心底，万万不可再拿出来现于人前。

于是我即兴作了一首《浣溪沙·喜良缘》，用来纪念这美好的一天：缘来缘去天地知，此缘不尽梦相识。寒星残月叹人痴。碧瓦红墙掩故念，萧郎表意未迟迟。梅妆倚榻嫁衣织。

第二天随妈妈坐飞机回到了这个属于我的古都长安，这里有属于我的一切，我的亲人、学业和爱情。

三个月后。

我平淡地过着每一天，天气渐渐暖和了，我再也不会被冻得握不住筷子。换上一条纯棉的素色海棠花饰连衣裙，踩着白色的高跟鞋，头发自然垂在腰际，拎着挂了深红色"卍"字纹吊坠的米色皮包。我穿梭在人潮涌动的街道上，来到一条常去的古玩街。

"小姑娘，你可来了。"这家古玩店的老板已与我很是熟识，我在她这儿买过许多个鼻烟壶。

"阿姨，你不是说新淘到了一些东西吗？快拿出来让我瞧瞧。"我急得不愿再等一分一秒，生怕错过了什么好东西。

"看你急的，在这儿，你自己翻翻。"老板提溜出一个袋子，袋子中堆着各类古韵十足的东西，有簪子、耳坠子、镜子、戒指……

戒指？

我仔细看向那些杂物的缝中，隐约露着一枚云纹镂空掐丝金戒指。正要伸手取时，那枚戒指却不见了。

"老板，这个戒指怎么卖？"一个陌生又熟悉的低沉声音出现在我的耳边。

我愣了愣神儿转过头去，只见来人穿着一件月白色的衬衣，正拿着这枚我看重的戒指仔细打量，然后低头对我粲然一笑，露出一双深深的酒窝。我看着他，他随即拿起我的左手，将戒指戴在了我的中指上，而后拿起我的手放在远处又看了看道："真是太配了。"

我看着他深邃的目光，顿时眼泪就砸了下来。

"记住，不要再丢了它。"

【后记】

万历四十一年二月初八（1613年3月28日），布木布泰在蒙古科尔沁部落诞生，另有小名大玉儿。

崇德元年，皇太极改号称帝，布木布泰受封为永福宫庄妃。

崇德八年八月初九（1643年9月21日），皇太极因病身亡，十七日后庄妃之子福临继位登基，庄妃被尊称为"圣母皇太后"。

传闻1612年冬天，皇太极又多了一个弟弟，这就是后来世人皆知的多尔衮。多尔衮与大玉儿自小便青梅竹马，两小无猜。但无奈清初有一项既定国策便是满蒙联姻，十三岁的大玉儿只能被哥哥护送到盛京嫁给皇太极。此时的多尔衮与大玉儿只能在深宫之中以叔嫂身份见面，纵然有情也只能藏于心间。

而在民间，"皇太后大玉儿下嫁摄政王多尔衮"这个说法则是广为流传的。张煌言的《建夷宫词》中有一首诗文提道："上寿觞为合卺尊，慈宁宫里烂盈门。春官昨进新仪注,大礼恭逢太后婚。"

或许,上天垂怜,让这两个真心相爱之人在历史的记载中走到了一起。

又或许,这只是民间的传闻。

但经历了世世代代,有情人依旧成了眷属。

2012 年 1 月 18 日

四二拍

"在线动物"养成法

女朋友送来爱心便当,打开便当的第一件事是什么?如果你的回答是"品尝",那你就太 OUT 了!当然是掏出随身携带的手机,对着这盒便当拍几张照片,再用美图秀秀这个强大的照片制作工具进行美化处理和拼图,之后顺带写下几句感言,传到网上啊。当然不止传到一处,QQ 空间、人人网、豆瓣、微博、微信朋友圈等等,都是要同时更新的。

外出约会,无论是去咖啡厅或是茶馆,坐下的第一件事便是搜索此处是否有wifi，接着便连忙叫来服务员："你们店里的wifi密码是多少？"

每天清晨，睁眼的同时，手已经在摸索枕边的手机了。按亮它，登录每个社交工具查询是否有新的回复。每天傍晚，闭眼的同时，手机屏幕的灯光还幽幽地照着自己僵硬的脸，活像停尸房的场景。

以上三条，你有同感吗？有同感就"转发"或者"分享"吧！

前段时间，我跟爸妈去大山深处玩儿了一周。临走前再次检查自己的背包："手机带了，耳机带了，相机带了，ipad带了。要不要把笔记本电脑也带上？"

"你干脆连电视机也扛到车上算了。"在老爸微微不满的声音下，我嘟嘟囔囔："电视机在'九〇后'和'〇〇后'的生活中已经在走下坡路了，你见我一周看过几次电视？"

坐在车上，我无心看风景，拿出包里那除了特殊情况否则绝不离身的ipad，临走前我已经下了几十部电影在里面，足够这七天看的了。车行驶到休息站时，我对着帅气的老爸道："亲，给你拍张照吧？"

"在线动物"养成法

"行啊,不过你怎么用手机不用相机?"老爸疑惑地看着举起手机瞄准他的我。

"手机方便上传啊。"

"那你回去洗一张给我。"

"不行,手机像素低。这种照片只能在网上看,洗出来不清楚。"

在山里的那一周,可算是把我这个在 SNS(社交网络)生态环境下成长的物种给憋坏了。手机信号基本没有,更别说 wifi 了。每每拿出 ipad 准备看电影时,都习惯性地点击屏幕上的"人人网"图标或者"微博"图标,之后再看着那句灰色的、冰冷的话语:网络无法连接,请您稍后再试。好不容易从山里来到县城,和爸妈在馆子吃饭时,瞥到对面一家小小的咖啡厅,牌子上写着"提供 wifi",我连忙放下手中的筷子对老妈道:"想不想喝咖啡?我请你!"

"美其名曰请我和你爸喝咖啡,实际上蹭网才是你的最终目的吧?"老妈端着手中的咖啡,看着坐在对面飞舞着手指划拉屏幕的我,我只有不好意思地笑笑。

所谓"在线动物",就是像我一样生存在 SNS 生态环境中的物种,随时都能在网络上寻找到他的踪迹,早起晚睡都与手机做伴,每天至少更新一次动态,经常发状态或上传照片,一旦没了网络便会焦躁不安,等人时,坐车时,甚至上厕所时也要不停地抱着手机刷新动态。如果你也像我说的一样,那么祝贺你,原来咱们是一个物种。

紫薇曾经深情地对尔康说:"山无棱,天地合,乃敢与君绝。"

那么,若是仍按照这个情况发展下去,我也该发条微博了:我欲与网相知,长命无绝衰。山无棱,江水为竭,冬雷震震,夏雨雪,天地合,都不与网绝!

2012 年 11 月 9 日

这个女孩值得被精致地对待

"从见你的第一面起,我就特别有亲切感。之后你写的每篇文章,上传的每张照片我都会去看。开始以为你比较难接近,可是读了你的文章,却让我感觉到大家都是性情中人,二了吧唧的。"

这段话任谁听起来都像极了落入俗套的表白语,只差在后面加上简洁明了的三个字点明主题啦。话是我说的,对一个相见恨晚的女孩子。我们的初见是在《华商报》签约那天,当我坐下时,她递来了本子和笔让我签到。那时,我以为她是工作人员，并且，我以为她是曾经认识的一位阿姨。与她聊天时，我只告诉她，初见觉得面熟，却未提及"阿姨"这个词语。

后来我知道，这个大我三岁多的姑娘叫梦扬，她有个惯用的口头语"抱"或者"熊抱"，说起话来是典型的文艺女。或许是因为圈子中的文友大多与我不是一个年龄阶段，外加上初见时的亲切感，我对这姑娘本能地产生了好奇，忽然很想很想了解她，想要知道她现在的心情和过去的经历。好奇心驱使着我钻进她的空间，我将每一张照片细细浏览，这才推翻了先前脑海中"阿姨"的印象，一个女人的苍老可以从眼神中读出，然而她的眼神是清亮的。

我和梦扬的互动并不频繁，这五个月来我们大多时候是默默地关注着对方的空间动态。我发现这姑娘基本是在二半夜时更新空间，于是每天清晨醒来后习惯先摸手机上空间的我拥有了新的乐事，便是读她在半夜写下的心情。最近一段时间，我开始主动在她的日志或照片下留言，于是我们因为一条民族风的刺绣长裙展开了大规模、深层次的互动。我和梦扬相互吐露真心，矫情又夸张地跟彼此"告白"，真真是有种惺惺相惜、相见恨晚的感觉。

这个女孩值得被精致地对待

梦扬有一篇文章写道:"如果恰好你正在爱着他,请立刻告诉他你的心意。无论结果如何,听从感性的驱使,而非理性的禁锢,你所得到的幸福,将会永远比别人多一点。"这话说到了我的心上,我也确实与她一样,喜欢就会主动说出口。对喜欢的男孩子是这样,对欣赏的女孩子也是这样。所以,我很直白地告诉梦扬,我说:"我非常喜欢你,但我的性取向很正常。"梦扬给我留下最深刻的印象是在陈若星老师的写作课上,她说:"写作的人都是有点自卑、有点敏感、有点自负的。"这和我常跟朋友说的"作家内心深处大多都是自卑却又无比清高的"有异曲同工之处,于是坐在右后方的我便一直悄悄地注视着她和我一样肉乎乎的脸。

"我喜欢随心所欲的生活,虽然我现在除了青春和浅薄的才华外什么都没有,但我就是有飞扬跋扈的勇气。"这是梦扬最新的一篇文章中令我印象深刻的话。是啊,我们这个年纪的姑娘爱玩儿文艺,热衷于吃食和减肥,疯狂的旅游和购物自然也是生活中不可或缺的。荷包鼓起时,喜欢偶尔不节制地乱花钱,之后又会哭天喊地地省吃俭用努力工作。在这样生活的背后,是有着一腔孤勇来做支撑的。

比如，她告诉我，这几天她买了二十七条内裤和十六双丝袜，还买了两件深 V 衬衫，因为觉得不够深，自己还用剪刀又将领口剪大。这让我想起曾经的我几乎将某家店的丝巾洗劫一空，当然，它们的价格是在我能承受的范围。我也曾为了将牛仔裤营造得更有感觉，自己用剪刀把裤子剪得破破烂烂，又拿出白线缝缝补补，最终使得新裤子报废。我的缝纫技术太差，与其说太差不如直白地说我只会花好几分钟的时间去穿针，比起梦扬这个喜欢烘焙、缝纫以及园艺的姑娘，我简直觉得她真实地活在当下而我依旧在历史中毫无头绪地穿越。但我又幻想过这样的场景：虽然我不会烘焙，不过，我可以泡出好茶给这位姑娘品；在她像个老奶奶一样专心缝制东西时，我可以在紫砂炉内点一炷熏香让她沉心静气；又或者她陪伴那些花花草草时，我乐此不疲地用琵琶划拉几首调调作为陪衬也是不错的。

我一直觉得自己是世界上最快乐的人，没有脾气，遇到什么事儿都是先傻笑一阵子。白天笑不够，晚上睡觉我也时常把自己笑醒来。我很快乐，并且觉得自己是个精致的姑娘，有着精致的生活。直到我读了梦扬的文字，她字里行间的阳光胜过我，她的快乐也时常能牵动我。于是，

这个女孩值得被精致地对待

我便有了一个矫情的念头：梦扬是个值得被精致对待的姑娘。

我突然想要在以后与她见面的时光里，穿上那条我最爱的红色棉布长裙在她面前耀武扬威一番，因为她几度在文章中提到这样的裙子。我们可以一起去寺庙静心，静心过后冲进超市买一堆炼乳，在这姑娘眼中炼乳是神的食物，在我的生活中，连吃薯片都要就着炼乳。她对时尚很敏感，而我从小的梦想就是做服装设计师。不然，我们干脆一起去应聘时尚杂志的编辑好了。

2013 年 3 月 31 日

与蟑螂哥奋战到底

"啊,这什么玩意儿!"干净整洁的宿舍里,夏夏一声惊天地泣鬼神的尖叫,我身子颤抖了一下连忙过去。

只见夏夏从架子床的二层直接跳到地上,满脸惊慌。我还在关心她的脚疼不疼时,她便以迅雷不及掩耳之势从桌上抄起一本书,发了疯似的狂打一通。

我鄙夷地爬上她的床,掀开被子瞧了瞧,一只腿脚灵活的小家伙便瞬间爬出了我的视线。我心中轻轻一笑,转头看向情绪还未平定的夏夏道:"蟑螂啊,有什么怕的。"

与蟑螂哥奋战到底

"这就是传说中的小强?我还是第一次见。"夏夏看向淡定的我。

后来在我的劝说下,夏夏勉强放过了这只蟑螂。我将宿舍门打开,神道道地说:"兄弟,赶紧逃吧,不然这个歇斯底里的女性不知该如何处置你了。"

为什么我看到蟑螂能够如此淡定?这还要多亏了近两年来在我们家横行霸道的家伙们。两年前,我在厨房里第一次发现了这种头小、身体扁平并带有长丝状触角的虫子,一脚便踩死了它。于是我捏着这只虫子的尸体询问爸妈,结果二人都表示从未见过。后来还是我突然想到当年伯虎兄正是凭借着这只"小强"才成功混入华府。

干净漂亮的家里,蟑螂们总显得格格不入。但家里只要有了第一只蟑螂,这就代表着在那些你看不到的角落中还隐藏着千千万万只蟑螂,当然,我这么说有些夸张。除了冬季,家里每天都能看到这些家伙们明目张胆地穿行在厨房、厕所以及客厅。碗柜里有蟑螂、牙缸上有蟑螂、调料盒下面也有蟑螂,总之,这些家伙们就是无孔不入,非要时时刻刻出现在你的生活里引起你的注意它们才甘心。起初我也像夏夏一样发了疯地打蟑螂。时间一长,也就见怪不怪地习惯了和蟑螂们生活在同一个屋檐下。

记得前阵子我盘腿坐在沙发上吃果冻,一只蟑螂哥大摇大摆地在客厅的木地板上游走,还围着我的拖鞋绕了几圈。我笑着看向它:"哥们儿,来块儿果冻?"这只蟑螂没有理睬我,径直朝厨房的方向爬去,我又对着它的背影吆喝:"不是臭皮鞋做的,放心吃。"

还有一次,我在厨房打鸡蛋,发现两只死蟑螂在地上躺着。忽然想起打了两年蟑螂的老爹总结的经验:"这些家伙太聪明,活着的时候藏在角落里不出来,快要死了就一个个地都爬出来死在外面。"我顿感无语,放下手中的鸡蛋为它们默默收尸。

其实,我打心底里还是很佩服这些家伙的,它们是地球上最古老的昆虫之一,曾经和恐龙生活在同一时代,生命力极强。随着这些年物流的飞速发展,蟑螂们无须办护照便可乘坐各类交通工具来到不同的国家和城市。西安原本是没有蟑螂的,近几年,这些家伙才移民来此。也就是说,我们现在遇到的蟑螂有可能是美国国籍,也有可能是日本国籍,又或者是德国国籍。

几天前,我在宿舍洗手,一扭头发现洗手池旁的墙上粘着一只被打死的蟑螂。于是我大声喊着:"这是谁手下的亡灵,还不速来收尸!"只见夏夏挑起一边嘴角道:"我打的,晾了几天了。让其他蟑螂看看,这就是在宿舍里出没的后果。斩首示众!"

蟑螂哥啊,我们该拿你怎么办?

2012 年 7 月 1 日

与爱情无关的"我爱你"

坐在对面的燕儿姐面无表情地说着"嗯""好""知道了"这样几个词语,然后没有结束语地挂断电话。如果不是她主动告诉我,这是在和外地的妈妈通话,我会一直以为电话那面是她的员工又或者是送快递的人。

"你平时和妈妈说'我爱你'这个词吗?"我突然问燕儿姐。

"你以为谁都像你们'九〇后',把爱挂在嘴上。"燕儿姐好笑地看着我。

与爱情无关的"我爱你"

"'九〇后'也不一定都像我这样。"我撇撇嘴,心中突然有了一个想法。

与燕儿姐分别的第二天,我拿上 DV 对"七〇、八〇、九〇后"三个年代的人做了拍摄调查,实则也是为了满足自己的好奇心。不可否认,"九〇后"娇生惯养的姑娘大多是很脆弱的。镜头中的姑娘拨通自己父亲的电话后,尴尬地迟迟说不出"我爱你"三个字,正当电话那头的父亲要挂断时,姑娘急了,一声"爸爸,我爱你"伴着眼圈里打转的泪水齐刷刷溢出,我给了姑娘的眼睛一个特写镜头。电话那头传来姑娘爸爸的笑声:"丫头,想买什么了吧?"听到这话,姑娘圆圆的眼眶再也盛不下那些泪水,低头就哭。接连拍摄了三四个"九〇后"的姑娘,她们打完电话都红着眼睛。

后来,有几个男孩也配合了我的拍摄。"九〇后"的男孩对于打电话跟父母表白的事情更加难以启齿。其中有一个男孩给自己妈妈拨通电话后,拉了两句家常道:"妈,你把电视声关小,坐好了,我要对你说个话。"我听到电话中嘈杂的声音明显小了许多,男孩又犹豫了许久,快速地说了句:"妈,我爱你。"电话那头沉默了几秒,只听到男孩妈妈开心地笑道："哎哟，我儿子终于长大了。妈妈也爱你！"

"八〇后"的女孩，我首选了燕儿姐。燕儿姐起初不肯打这通电话，因为自己太久没有对父母说过这样"露骨"的话。在我的软磨硬泡下，燕儿姐还是将电话拨通并调成扩音。"妈，嗯……就是，最近你和爸身体好着呢吧？"

"挺好的，我女儿怎么了？"燕儿姐妈妈和蔼的声音与前一天燕儿姐的冷漠形成了鲜明的对比。

"你和爸这些年辛苦了，我爱你，也爱爸。"燕儿姐眼睛也微微泛红。

"女儿啊，是不是工作上出什么问题了？谁欺负你了？"

后来，燕儿姐请我吃了饭，她说，如果不是我这个调查，或许她并没有意识到爸妈多想听到一句"我爱你"。燕儿姐的几个男同事也配合了我的拍摄，每一次在快要说出那三个字时都会笑场，而他们的父母大多在听到"我爱你"这个词语后的反应便是："儿子，失恋不要紧，爸再给你介绍个好的。"又或者是："太阳打西边出来了。"

如果你是"七〇后"，那你更应该打电话回去给自己的父母说一句"我爱你"。整个拍摄过程中，让"七〇后"男

与爱情无关的"我爱你"

女打电话说出"我爱你"是最难的。他们常跟自己的孩子说"爸爸爱你""妈妈爱你",也常在清晨醒后给身边的爱人轻轻一吻温柔地说"我爱你",却忘记了没事儿给父母也打个电话表达自己的爱。

拍摄结束后,恰巧接到快八十岁的奶奶的电话。于是我问奶奶曾经有没有和自己的父母说过"我爱你",奶奶笑呵呵:"你个古灵精怪,我们那会儿特别保守,这话才不敢轻易说呀,不过,奶奶倒是可以跟你说。"

年纪越大,对于"我爱你"三个字就越是难以启齿。"〇〇后"的小家伙们可以轻易地就抱着自己的爸爸妈妈喊着爱,只是不知十年过后,他们是否还能这样轻易地、不尴尬地对爸妈表白。没错,用行动来表达你的爱或许更真诚,但是一句"我爱你",更能令父母的内心感受到温暖。

不要吝啬一句"我爱你",一句与爱情无关的"我爱你"。

2013 年 5 月 11 日

小时光

每个人都有属于自己的小时光，当回忆起那些幸福的片段时嘴角总会挂着明朗的笑容。坐在电脑前，我想起了和你一起的小时光，那些只属于我和你之间的明媚青春。你是同我一样热爱艺术的女孩儿，你是同我一样享受生活的凡夫俗子，你是同我一样、同我一样喜欢这个世界的每个角落的我的知音。

春天的小时光。在我还用柔软的被子把自己裹得像个蚕茧的时候，枕边的手机已经不安分地"嗡嗡"作响了。

听筒那边的你声音异常激动,你说,咱们今儿个去写生吧,一小时后车站见。我望着窗外深蓝的天空发了会儿呆,迅速冲澡,套上一件白底红碎花的裙子,背上那陪伴我多年的墨绿色画夹,提着工具箱出发。大巴车最后一排的我和你都默默地看着飞驰而过的街景,然后相视一笑。你带我来到一片广阔的田野,你说,你之前常来这里写生,你还说,等到秋天带我去画一片羞涩的林子和擦了胭脂红的落叶。我从画夹里抽出一张雪白的纸,打开颜料盒以及调色盒,拿出削好的铅笔和水桶,然后闭上眼睛感受这里的每一丝气息,我甚至希望能将这里泥土的清香也画在白纸上。后来我从包里掏出一支口红,在绿油油的画面右上角涂了一个太阳,你鄙夷地看着我的举动说我疯了,我笑得合不拢嘴,告诉你,只要开心就好。

夏天的小时光。我约你去喝茶聊天,躲避这炎热的天气。我要了一壶百香果茶,坐在棕红色的木椅上等候迟到的你。不一会儿,你就着一身淡绿悠悠地挡住我远望的视线,我笑你和这家茶馆真和谐,穿得像一根脱离团队的茶叶。你和我悠闲地喝茶,谈天说地。你说你喜欢的容若,我讲我最爱的柳永;你讲述着桂林山水的无与伦比,我告诉你苏州园林里的诗情画意；你回想着最近看的养生之道对我的恶习指手画脚，我摘下手腕上的佛珠，教你虔诚地念着八字真言……

秋天的小时光。我们两个喜欢美食的人又聚在了一起，我时常感叹，吃东西是天底下最幸福的事情，你也总告诉我，会吃的人才会生活。我和你在纸上写出二十四项小吃的名字，然后一人拿两个骰子，用摇出来的点数总和决定吃什么。点数总和是十六，金线油塔。你嘟囔着说，羊肉泡馍挺好吃，我舔了舔嘴巴说，还是肉夹馍最带劲儿。后来，我和你贼笑着，手拉着手去饭店分了一碗泡馍，又分了一个腊汁肉夹馍。我们满意地拍着滚圆的肚子，感慨这就是生活。

冬天的小时光。你踩着厚厚的雪背着小提琴来到我家，我把打印好的琴谱送给你，看着学了十二年小提琴的你和镜中弹了十二年钢琴的我，欣慰地笑了。我和你一起合奏曲子已经有八年光景，默契好得无话可说。我喜欢听你为我演奏俄罗斯作曲家里姆斯基·科萨科夫的《野蜂飞舞》，你也总是缠着我给你弹陕北民歌《兰花花》。七岁那年，我写了几首曲子向你炫耀，你嘲笑我，基本功都不扎实就学

小时光

别人作曲，十年后当我再次拿出那几首曲子给你看时，你哼唱着旋律对我猛竖大拇指。在这个冬天，我和你认认真真地把这几首儿时创作的曲子练习了一遍又一遍。窗外的雪花依旧旋转着，等待明天灿烂的太阳再次升起。

小时光，它是生活中每一个我用心去感受的片段，也是我脑海中最深刻美好的回忆。拥有了这些零零碎碎的小时光，我才会拥有整个生活，才能够拥抱一切幸福。

那么你呢？

2011 年 2 月 25 日

中秋小偷

"您好,我们是中秋小偷!"七八个孩子身披月光各自背上一个大大的包,拿着手电筒穿行在大街小巷之中,挨家挨户地按着门铃,"偷"走不同的东西。

这其中一个便是跟着傻乐的我。

事情还要倒退至十年前的中秋节,下午四点,日本爱知县。我随几个当地的小伙伴们换上舒服的运动鞋,背上水壶、手电筒和一个尽可能大的包包,踏上了"偷东西"的道路。在我们的"团伙"中,还有一位来自中国的姑娘,

中秋小偷

她与我相同，对即将发生的事情一无所知。

路上行人很少，想来都是早早回家忙着过节去的。按响第一户人家的门铃时，我有些忐忑，与那名中国女孩相互交换眼神，时刻做好撒丫子就跑的准备。只见一位妆容精致的大妈笑嘻嘻地从房中走到庭院，此时我的额头上已经渗出细密的汗珠啦。那名中国女孩大概与我有着同样的心情，伸手拉住我，谨慎地观察着前方"敌情"。忽然，我周围的日本孩子们此起彼伏地对着大妈说："我们是中秋小偷，不给东西我们是不会走的！"

"我的亲娘，你们傻啊！偷东西有这么光明正大的吗？"我尽量压低声音对周围的小伙伴们咆哮。此时，大妈已经推开庭院的门走到我们这群坏家伙的中间。她的手中提着十几个小袋子，每个袋子中都装着不同的零食。大妈一边说着中秋祝福语，一边将零食分发给我们这个"团伙"中的所有成员。我有些不好意思地接过那袋食物，鞠躬表示感谢。"团伙"中有成员告诉大妈，我和另一个姑娘来自中国，大妈惊讶地摸摸我们的脑袋，又分别递给我们了一袋零食。

原来，在日本的中秋节存在着一种有趣的习俗——

"偷"俗。小孩子们是行偷的主要人群，偷的东西则是各家祭月的供品。起初是趁主人看不到时摸进家门偷的，也有跟主人打招呼后才偷的。在东京，主人手里拿着芋头、芒草等，让"小偷"们猜谜，猜对了才可以拿走。偷的东西除了供品，还可以是其他食物，有些地方还能够到主人的地里去偷瓜果。被偷的人家认为，这是中秋节最吉利的事情，因为供品被偷走代表着月神吃掉了自己的心意，可庇佑家人平安快乐。然而发展至今，许多地方的偷俗已经没有了，又或是演变成上述小孩子们的一种游戏。每到中秋节时，各家各户会提前准备好食物，方便分发给我们这群"小偷"。

中秋节做小偷不但是个体力活，还必须动脑子。除了需要扛着一堆"赃物"行走至天黑，还需要回答问题。这不，我又遇上一位很斯文的大妈，她为我们每人准备了精致的甜点和小杯奶茶，看得我们这群饿着肚子奔跑的"小偷"们一个劲儿咽口水。大妈告诉我们，每人只要回答对三道题目，便可品尝桌上的甜点。"团伙"成员们都争先恐后地选择题目类型，有常识类、英语类、艺术类、猜谜类等等。我与那位中国姑娘则毫不犹豫地选了数学题。中国

中秋小偷

孩子在小学普遍都学习奥数参加奥赛,这些题目在国外可是上了高中才学习的,自然,我们顺利吃到了诱人的甜点。

行至晚上八点多,肚子里也填了不少食物,我们一个个打着手电筒,气喘吁吁地背着零食、玩具、文具等战利品朝家的方向走去。我知道,此时家中的桌子上一定摆满了丰盛的食物,尤其是那美味的"月见团子"。日本人将中秋节称为"月见节",同我们吃月饼一样,他们会吃一种用糯米等原料制作的饭团子,其馅料有红豆沙、芋头、绿茶、栗子、莲蓉等,很合小孩子们的口味。

无论作为一个孩子还是"小偷",家始终是我们最后的目的地。无论我们有没有"偷"到东西,回到家一定会吃上热腾腾又可口的饭菜。这个中秋,回家吧!

2013 年 9 月 6 日

亲情需要 DIY

"你看看你一个奔二的姑娘家,到现在就会下方便面、煎鸡蛋,我都发愁以后把你嫁出去,你婆婆会不会又把你赶回娘家!"

在老妈生日的前几天,她一语点醒了窝在沙发里与香菇炖鸡泡面做斗争的我,同一时刻,我正绞尽脑汁地谋划着该送老妈什么生日礼物。

自六岁起,我便开始像个财迷一样将爸妈每日给的零花钱攒起来。虽是财迷,但这些攒起来的毛毛块块钱都用在了"送礼"上面，比如爸妈的生日、母亲节、父亲节、妇女节、爸妈结婚纪念日以及中西方情人节。从一支塑料花至一束香水百合，从街边的钥匙链至商场里的名牌领带，我并不觉得爸妈脸上的幸福是和礼物的价格成正比的。于是，我决定今年要给老妈一个大大的惊喜。

选了周内的清晨，我来到一家小小的DIY蛋糕饼干店，店内的墙壁上皆挂着各式蛋糕的图案。我瞧着那些猪啊猫啊狗啊图案的蛋糕撇撇嘴，对老板夸口道："今儿一定要做出个最特别的蛋糕！"

"你们这些'九〇后'啊，都是眼高手低，不过，我期待你的作品。"老板说话间已将蛋糕坯子、鲜奶油和水果等物件儿放在我的面前。

"现在……该……干什么？"看着眼前这些东西，我挠挠头，老板示意我将蛋糕坯子从中间横向切开，再将黄桃等水果切碎拌着奶油涂抹进去。我小心翼翼地切着那块蛋糕坯子，生怕一不小心将其"毁容"。接着在老板的指点下，我将奶油涂抹在蛋糕上，这个步骤相信大家在蛋糕店都见过，就是左手旋转底座，右手用刀片一层又一层地涂抹奶油，就像抹腻子一样，要光洁平滑。看似简单，我却因为角度不对又或是力度不对，将面前的蛋糕涂抹得奇丑无比，好似一堆白晃晃的废弃物，它们耀武扬威地嘲笑着我的笨手笨脚。最终我花费了将近半个小时，终于将那蛋糕的表面抹成了冬天落雪的湖面，当然老板也从旁给予了小小的帮助。

"你画的图案需要什么颜色的奶油？"老板的询问让我知道接下来到了决定这个蛋糕命运的关键时刻，是骡子是马画出来才能知道。

我嘴角勾起一抹弧度，眼睛泛着压抑不住的光彩："只要黑色和白色，其他你留给别人！"撸起袖子，我将身上的围裙重新系紧，大刀阔斧地开始我的杰作，那场面颇有港片里唐伯虎在秋香面前画《春树秋霜图》的感觉。当我大功告成后，老板看着那黑白相间的蛋糕哑然，良久，他蹦出一句话："我开蛋糕店七年，从未见过有人用这样的图案当生日蛋糕。可以给你的蛋糕拍张照片吗？"我点点头，又开始制作爱心小饼干。

这是我第一次接触一大疙瘩面团，我将它们擀平，压出一个又一个的爱心。那些发黄的爱心们被放入烤箱十五分钟后取出，发出香甜的味道。我从中精选出二十七片薄厚均匀的爱心饼干，将做蛋糕时想好的藏头诗用不同色彩的糖稀写

亲情需要 DIY

在饼干上,打乱顺序装入礼盒中。临走时,老板递来已经包装精美的蛋糕道:"你这个'九〇后'让我大开眼界。"

收到礼物的老妈急切地想要品尝那亲手制作的饼干,却被我双手一挥拦住:"这二十七块饼干上都写着字,你需要先将它们拼成一首藏头诗才可以吃。"我好笑地看着一脸愕然的老妈:"老爸可以帮忙哦。"这确实是个难题,但聪明的老妈先从这些饼干中找到了具有共同韵尾的字,之后在她无数次喊着"不拼了不拼了"以及老爸无数次夸赞我的时间里,老妈成功了。我真切地在爸妈脸上看到了遮掩不住的幸福感和自豪感,直到他们打开那个蛋糕盒子后,脸上呈现出惊讶,接着就是爆笑道:"真不愧是你的风格。"

我指着面前那个画了乾坤八卦图的蛋糕开始煞有介事地讲解:"女人到了中年,拒绝操心,需要静心,祝福老妈吃过这个蛋糕后可以平静开心地面对之后的生活。再者,这一黑一白结合成的圆形正是象征着老爸老妈坚贞不渝的圆满爱情。一阴一阳之谓道也,道就是生活,生活就是我们一家人在一起啊……"

2013 年 4 月 21 日

处女座节奏

追求完美，神经质，挑剔，洁癖，刻薄，唠叨。

以上六个词列出后，相信对星座稍有了解的亲们都会猜到这一定是令许多人抓狂又厌恶的老姑婆形象的处女座。这么多年来，每当看到网络投票选出"年度最讨人厌的星座"冠军是处女座时，我都会禁不住皱皱眉。

处女座到底有多么让人反感？其实他们只是有一套自己的生活节奏罢了，而我这个"生产"于8月23日至9月22日之间的家伙，绝对可以说是处女座群体的代表。

处女座节奏

极度精准的时间。我每天的起床时间一定是精确到个位的分钟，比如六点零五分或是七点五十五分。起床后选择的早餐基本是多年不变的，面包、鸡蛋、香肠、芝士，放在微波炉定时二十七秒。处女座是个对时间很敏感的群体，如果朋友与我相约聚会，对我含糊地说"一会儿见""下午见"，我铁定会穷追不舍地问道："具体是几点几分呢？"

吹毛求疵的完美。这一点从处女座小的时候便会体现出来，比如我在小学做板报时，稍有几处颜色涂得不均匀，便会有立即销毁作品、重新来过的冲动，但幸好每次都被细心的老娘及时拦截了。给别人写贺卡时，如果不小心写错一个字，就会想要换一张贺卡重新写。倘若你将自己非常满意的作品交给处女座来点评时，即便非常优秀的作品，处女座也会从中挑出不足。这一点，通常在处女座老师的身上最常见。处女座的老师不会一直鼓励学生，而是以批评和指出不足为主，稍好一些的也会在鼓励语后添加几句"还能够更优秀""如果按我说的做，就会变得更好"等。

令人疯狂的刻薄。刀子嘴豆腐心是典型的处女座，有时候你简直无法想象这类人群到底受过怎样的虐待，才能够轻而易举地微笑着说出那些尖刻的话语。可能你恨不得扇他们一嘴巴，或者你会在心里对一旁的他采取鞭刑。其实，刻薄的最主要原因还是过分挑剔和追求完美。这样的处女座其实生活得很累，在社交场所中，总是逼迫着自己违心说许多圆滑与恭维的话，努力将自己满身的毒刺折断。

内外兼具的洁癖。不知道从什么时候起，凡是进了餐厅茶馆，我的第一件事便是伸出三根手指头在桌椅上轻轻扫过，然后翻过手指查看灰尘的密度。记得高三有次报到，我与另外两个处女座男生坐在一排，只见我们三个齐刷刷地用手试探了一下桌上的灰尘，又齐刷刷地从包中取出纸巾疯狂地擦了一遍又一遍。其中一个男生更夸张，在我坐下后，他不放心地又抽出两张纸巾垫在已经擦过的凳子上，这才安然坐下。至于内在的洁癖，或许很多人觉得自己身旁的处女座朋友非常"重口味"，但其实真正的他们是很典雅精致的一群人，追求高尚与品位。

传说，处女座的前世是生活在百家争鸣的文艺复兴时期。所以在今世，仍然具有曾经敏锐的分析能力和观察力。由水星守护的处女座是非常细腻体贴的一类，他们坚信智慧是人生幸福的根本，喜欢学习各类不同的知识。如果你身旁有处女座的家伙，相信我，他一定会是一本够你啃上许多年的百科全书。

我是处女座，我为自己代言！

2013 年 1 月 17 日

吝啬老头不吝啬

"我不喜欢那个老头子!"

"外公的红包都给到一千了,那老头子还是抠抠巴巴地给五十。过生日的时候,外公会给我买好吃的,那老头子就只会给我做一碗西红柿炒馍。外公总是宠着我,那老头子就只会严苛地训人……"

小时候,爸妈让我回家看爷爷时,我总这么嚷嚷。

没错,他是我的爷爷,可我私下里总称他为"吝啬鬼",直到我慢慢懂事的时候。记得有一次,我看到沙发上

吝啬老头不吝啬

放着那老头儿刚读完的信,便悄悄地拿起来看。原来是别人写给他的感谢信,感谢爷爷捐助修建希望小学,感谢爷爷捐了一百零五台电脑。天哪,我问这老头儿要三块钱买薯片他都不肯,竟然对山区的孩子们如此阔绰,我心里顿时升起一股不平衡感。那老头子还是我的爷爷吗?他就我这么一个孙女呀!

老头儿每日六点整准时起床,数十年如一日。起来先练气功,吃了早饭就坐在桌前奋笔疾书,至下午饭后,便会提着篮子去菜市场拣点儿烂菜叶子回来。你问买菜为何在下午?当然是便宜啊!老头儿有一套自己的节水方法,每日洗完脸的水拿去洗脚,洗脚过后再涮拖把,涮完拖把的水冲厕所。老头儿上厕所时从不用那舒适的卫生纸,而是将充分利用过的草稿纸挂在马桶前面的墙壁上,需要用时,便会在这硬纸上面沾点儿水。

您觉得我说得夸张了吧?可那是事实。老头儿的离休工资可高得很呐,因为他 1944 年从军抗日,先后在太岳军区、陕南军区、中国人民解放军第十九军任新华社前线随军记者、团师军政治部宣传科长、团师政委、兰州军区军事检察院检察长等职,曾荣获过许多抗日战争和解放战争的荣誉勋章。记得小学写作文，只要我和两个表姐写到这老头儿全心全意为人民服务的事迹，那铁定都是被老师表扬的模范作文。

老头儿家中一块写着"慈善大使"的牌匾依旧被他的老伴儿每日擦得亮堂堂的，而我回到这个只剩下老婆一人的家中也总是呆呆地望着那牌匾。这么多年来，老头儿宁愿得罪子女，也要把自己所有的积蓄都捐给山区的贫困孩子。他先后为陕西省、河南省、湖北省等地修建了近二十所希望小学，为上百名困难孩子捐款捐物，还积极筹措资金与香港某基金会一起资助了一万名大学生。都说人老享清福，可老头儿却仍旧艰苦朴素地过日子，他曾对长大的我说："你一定不喜欢爷爷，因为爷爷没给你买过一件漂亮衣服，没给你送过一样礼物。但是如果爷爷这么做一次，山区就至少有十个孩子没有书读。"

我没事儿喜欢写写文章，老头儿知道了也非常支持。十二岁时，我收到了第一笔稿费，二十元，在我还盘算着如何花掉这些银子时，老头儿的电话如及时雨："恭喜小家伙获得第一笔稿费啊，把它捐给需要的孩子们好不好？"我在电话这头撇了撇嘴，轻轻地答应了。后来老爹从家里找出许多老头儿写的书让我看，那时我才知道原来老头儿还是个作家，他利用业余时间创作了大量的文学作品和军事题材的作品，如《盗马》（被翻译成十一种语言文字）、《茁壮成长》《渡河南征》《陕南战场》《雄师神威》《出师鄂陕》《征战与创作》等，共计二百余万字。部分作品还被改编为连环画、影视作品，给我们留下了一笔丰厚的财富。而他所获得的稿费，一律捐给了贫困地区的孩子。那一刻，我心中多年铸成的堡垒终于坍塌了，我不再怨恨老头儿，而是学着他将每一次的稿费都花在了福利院孩子们的身上。

老头儿有一个好听的名字叫"三朵"，去年我在丽江旅游时梦到了他。第二天，我便登上了那座著名的玉龙雪山，那座山的山神叫三朵，我跪在三朵神的面前深深磕头，祈求保佑。我看着三朵神，在心里默默念："老头儿，慈善事业我不会让你失望，文学方面也一定让你抬得起头。"

2012 年 12 月 4 日

享受间隔年

学生族，是否曾有过想要抄起背包出去流浪的冲动？

上班族，有没有过辞职之后拎起箱子去旅行的勇气？

从每天一成不变的生活模式中大胆地跳出去，让自己进入另外一个不同的环境中体验新的生活，四处旅行，开阔视野，放松身心，这或许是大多数人时常幻想的生活，但却仅限于想想的层面。

小的时候，我有许多梦想，科学家、音乐家又或者是服装设计师，每当别人问起时都会自豪地说："长大以后我

享受间隔年

要成为……"然而随着年龄的数字一格格地上升,多数时候我的梦想只会局限在考一个好高中、上一个好大学、有一个稳定并且收入不错的工作。可是,当你完成了这些梦想之后呢?上班一族,你们现在的梦想是什么?没有生存何谈梦想,你会发现"梦想"这个词渐渐变得奢侈,你甚至不敢去深究。这时候,我们就需要有一个间隔年,暂时跳出迷茫的生活模式,旅行吧,让自己的灵魂不再空虚。

"间隔年"这个词语在西方国家很流行,大概是指用一段较长的时间去旅行,以一种"间隔"当前社会生活的方式,达到更好地融入当前社会的目的。在间隔年期间,我们会离开自己所在的城市或国家四处行走,在旅途中挖掘自己内心深处已被功名利禄、权势欲望所埋没的声音。

给自己一个间隔年去旅行,并不是为了向别人炫耀你到过哪里,而是让自己去放松去享受,看到更多不了解的事物。

我曾经以为地理课本上的马六甲海峡是长长弯弯的一道沟,四周有着与众不同的景观,可是当我兴冲冲地背着单反相机站在它面前时,一望无际的海水将我错误的观点冲刷得点滴不剩。澳门这座城市是我在旅途中最喜爱的,我多次来到这座城市，不是因为贪恋那美味的葡式蛋挞，而是抽出很多时间静静地坐在新马路的路边，看那狭窄的单行道伴着红绿灯"叮叮叮"的提示音，时而会有拉手风琴的混血儿走到我身边友好地微笑。我看到的韩国并不是电视剧中所演的遍地美女帅哥，那些隐藏在完美妆容下的柿饼脸、单眼皮的女生让我觉得自己这张包子脸或许也是别具一番风味。泰国没有想象中的那样保守，只要穿着艳丽具有特色，一天之内会被街头的陌生人无数次夸为"水晶晶"（泰语：美女），在拥抱那些漂亮的人妖时，手指触到他们雪白细腻皮肤的瞬间，我仅有的念头就是回家好好保养。聒噪的香港，购物的天堂，对时尚信息敏感的人会发现同样的一款香水，在这里要比各个城市或国家便宜三十元到四百元不等。干净整洁的花园城市新加坡，那严肃苛刻的法律令我不愿长留此地，虽然雪白的鱼尾狮会用温和的目光看着我离去的背影。

在山东能够吹到不同颜色的海风，我的相机里存着烟台发黄的海水和威海湛蓝的水天一线；外滩的灯红酒绿和高速发展的广州让我只有不停地感叹国家的昌盛；慢节奏的成都，悠闲而自在，但对于滴辣不沾的我只有耷拉着脑袋继续行走；一道高耸的红墙将北京毫不犹豫地切割成两种不协调的风格；我看到的凤凰古镇比丽江古城的商业气息更加浓重，索性顶着艳阳在正午时分抵达青木川，那古朴的街道、未开发的土路以及阴冷的魏家大宅院成为此次旅途的终点。然而我知道，这并不是真正的终点。

你需要一个间隔年，出去行走，享受行走时的愉悦。回来的时候，你可以两手空空，但你的灵魂一定是充实的。

无论你的年龄多大，怀揣着曾经的梦想，像个少年一般，出发吧！

2013 年 3 月 13 日

福利院的小铁路

传说天上有无数颗星星，每颗星星的出现都代表着一个宝宝的降临。大多数的星星在来到这个世界时，都会有一对疼爱他、呵护他的父母，然而还有一些不幸的星星却找不到属于自己的家。

我拎着些小零食一如既往地来到这个住着许多星星的大家庭里，远远地便有一个可爱的身影朝我摇摇晃晃地跑来。他是我最疼爱的一颗星星，小铁路。

小铁路是个被遗弃在铁路边的兔唇孩子，如今已经有

福利院的小铁路

两岁七个月了，刚刚动完手术。记得初去儿童福利院看到他时，我便觉得这个小男孩极其面熟，于是抱着他就再也不肯松手。照顾小铁路的苏阿姨总是说："你和这孩子有缘啊，看看，最听你的话。"小铁路因为刚刚给嘴巴动完手术，所以不怎么会说话，有时说出一些话也是含糊不清的。每次见到他时，我都会乐此不疲地看着他那双像月亮又像湖水的眼睛道："姐姐漂不漂亮？"小铁路总会"咯咯"地笑着，边摸我的脸边含糊说："漂亮。"然后这个机灵鬼就会伸出他的小手，我当然知道这是在向我要奖赏的意思。

福利院每四个孩子会被分到一个家庭里，照顾他们的大多是一些退休夫妇。孩子们每月有四百元的生活费，医疗和教育则都在福利院中进行。苏阿姨两口子的家庭里则有五个孩子，他们照顾这些孩子的生活起居，也总是推着车子带孩子们出去玩儿。小铁路见我时总穿着一件红色的长袖和一条咖啡色背带裤，活像个苹果树宝宝。他的衣服都是好心人捐赠的，有时苏阿姨也会贴进自己的退休工资给孩子们买好看的衣服。苏阿姨几次跟我提道："别人捐来的衣服很多都破旧得没法给孩子们穿，你看看能不能联系一些好的幼儿园，让他们给这些孩子捐些漂亮的衣服。"每每听到这些话语,再看着小铁路天真无邪的笑脸,我心头都是一阵又一阵地发酸。

我是个喜欢拍照的姑娘,小铁路同我一样。别看他年龄小,但照相时的动作和眼神可真叫个专业。第一次见他时,便给他拍了几十张照片。他还特别喜欢坐在我的怀里和我一起"审查"照片的质量。若是拍得好了,他就会指着屏幕里的自己大笑;若是拍得不合他的心意,他也不埋怨,只是默默地坐在我怀里不吭声,然后用那双水汪汪的大眼睛楚楚可怜地望着我。这个小鬼头很聪明,早早地便摸透我挡不住他那双极具杀伤力的石榴石般的眼睛。这不,中秋快到了,我把和小铁路的照片都洗出来,打算做成一本相册送给这颗可爱的星星。

"神婆,下午茶走起。"我的闺蜜们飙来电话。

"不去了不去了。"我笑着回复。

"哎哟,难得最热衷于下午茶活动的神婆也有不去的时候,失恋了?"闺蜜调笑。

"省下点儿钱给我的小铁路买几件新衣服。"

小铁路的手术很成功,自身条件也非常拔尖。听说他的资料已经上报了,过不了多久就会被好心人收养。虽然我很自私地想一直陪着他，但是每颗星星终究要有自己的归宿，我想我更希望这颗星星拥有一个属于他自己的幸福未来。

2012 年 9 月 17 日

《甄嬛传》的星座秘事

若说皇宫是世上最豪华的风月场所,那么皇上便是这天底下最大的嫖客。中华五千年,夏启至清末,历经六十七个王朝、四百四十六位皇帝,三宫六院七十二嫔妃的数量是不能够满足大多数皇帝需求的。秦始皇的后宫列女万人,汉武帝宁可三日不食饭不能一日无妇人,唐玄宗一人便拥有超过四万名宫女……端方大雅、雍容华贵、精忠乖巧、形形色色的倾国尤物都可在后宫内寻得痕迹。

电视剧《甄嬛传》中,通过大大小小的事件突出了雍正

《甄嬛传》的星座秘事

后宫的十二位性格大不相同的女人,今儿个我们就来分析分析,出生在12月13日的射手座雍正到底与谁最为相配!

No.1 狮子座华妃

"只要敢和本宫争夺,就全部都得死!"瞧瞧这霸气外露的女人,出场时便是昂着高傲的头颅并有着蛮横冷血、漠视一切的性子。只要是她想得到的,就会不惜一切地去付出与追求,然而这样烈性十足的女人在雍正帝面前却是可爱又任性的,从众女人面前的母狮子瞬间变身成为令人疼爱又散发着性感气息的小野猫。华妃虽然害人无数,却是唯一一个真心爱着雍正帝的女人,直到得知自己不过是被利用的一颗棋子后,痛彻心扉地撞墙了断余生。

No.2 白羊座祺嫔

按照简单的星座来看,与射手男绝配的第二位佳丽便是白羊女。祺嫔戏份不多,是个刚入宫的黄毛丫头,但却有着使不完的小聪明和想到就做的行动力。从年龄上来说,古时的祺嫔已然能够恭恭敬敬地称雍正帝一声"爷爷",可谓是一段时髦的忘年恋。然而直肠子的白羊女在宫中定是无法生存的,祺嫔不懂得迂回做事,亦不会不动声色,最终落了个惨淡收场。

No. 3 双子座甄嬛

男人征服天下，女人征服男人从而得到天下，甄嬛便是这样一个踩着雍正帝的绿帽子得到天下的精明女人，只是得了天下却失了至爱。双子座与射手座在星盘上处于对宫位置，是很容易志趣相投、惺惺相惜的一对组合。可惜雍正帝不懂星座，看不出甄嬛是个极具两面性的女人。她能够游刃有余地周旋在两个男人之间，一个满足她的现实世界，另一个则为她提供精神食粮。好比二十一世纪的女人，总是在物质与爱情上纠结，但这个问题对于长着两个大脑两颗心的双子座甄嬛来说，简直小菜一碟。

No. 4 金牛座皇后

这个笑里藏刀的女人时常令雍正帝心生寒战，若不是顾忌她与自己深爱的女人是姐妹，早就将其废除后位打入冷宫了。心字头上一把刀，皇后总是以温婉贤良的面目示人，慢条斯理，不愠不火。您别瞧她稳得跟块儿石头一样，嘿，这心里可是翻江倒海倾吴蜀哪！她对华妃的次次挑衅都是一笑而过，私下里却是借刀杀人、借力打力，默默地抽身旁观。后宫里的每个女人都被她明里暗里地下过套儿，即使是与自己一条战线上的祺嫔，该推出去时也是毫不犹豫地丢弃。

巨蟹座的敬妃善于明哲保身，天秤座的曹琴默巧舌如簧，天蝎座的端妃忍辱负重，射手座的齐妃将喜怒全写在脸上。大多数男人都喜欢摩羯座的沈眉庄，她稳重温暖、善解人意。双鱼座的驯马姑娘叶澜依是个沉浸在爱情世界中的女人，皇宫里的你争我斗永远不关她的事。只是可惜了溺死在荷花池里的水瓶座淳贵人，天真烂漫、古灵精怪，毫无防备之心。

综观《甄嬛传》中雍正帝的后宫，表面上一团和气、上下同心，实则却云谲波诡、合纵连横，必须拿捏准绳，一不小心便是人头掉地，落得一抔黄土一摊血的下场。在这样的后宫中，懂得出力卖命的是蠢才，懂得审时度势的才是人才。而始终听从皇后吩咐的处女座安陵容就是后宫中最大的蠢才，她若学会抓紧风向早日投奔回甄嬛身边，恐怕也不至于落得一个人人生厌、死得凄惨的下场。

宫门一入深似海，只愿这些金枝玉叶们下一世莫要投身帝王家才好！

2013 年 7 月 25 日

听不完的故事

每个人都有自己的故事，或多，或少，或喜或悲。这些故事对于他们而言都是十分珍贵的记忆，而对于我来说，我只是想品尝每一个故事中的酸甜苦辣。

我愿意用任何我能给的东西，来交换你的故事。

记得小时候睡觉前，总要缠着爸爸妈妈讲故事，慢慢长大了，也就不再需要故事来陪伴自己。

如果我放在你手心里一枚粉红色的回形针，你愿意说一个故事给我吗？

听不完的故事

有个男人在阳光满洒的午后，拿走了这枚粉红色的回形针。我们坐在豆绿色的樱花树下，惬意地伸出双手，让阳光从指缝间擦过，星星点点地轻吻面颊。

他是个流浪画家，终日背着那些吃饭用的家伙在天地间游荡。两年前，他的女朋友跟一个喜欢穿大花短裤的啤酒肚小老板跑了，他虽然伤心，但是他理解她。他没有几个钱，给她的浪漫也不过是画下他们每次在一起时的欢乐，然后装订成一本有些卷曲有些硬的册子送给她，在册子封面的黄金比例处写上这样的话：你是珍藏的蒙娜丽莎。

樱花的影子打在我蓝色的鞋面上，印出一团灰影。画家拿出随身的画笔和没有留心折了一个角的白纸，他愿意为我画一张像，我开心地答应了。他作画时的神情并没有我想象的那么专注，时而会出神地望着我们上方的樱花，然后抿嘴笑笑继续他的作品。我知道，关于这一树的樱花，又是他珍藏的另一个故事。

如果我拿一个牛皮纸信封与你交换一个故事，你愿意告诉我吗？

"五十五年前，我第一眼见到我的老伴，那时她看起来一副弱不禁风的样子。"这是一个满头银丝的老头子告诉我的，他和比自己小了六岁的老伴相互搀扶着，为的就是我手里的那个牛皮纸信封。我看着面前的一对老人，他们蹒跚地朝我走来时，我便知道又将有一个普通但对于他们来说却最珍贵的故事告诉我。

"我平时很精神的，地里的活都是我去做，你见我那天只是碰巧病了。"老婆子打断老头子的话，语气中并没有责备，脸上洋溢的满是幸福。我看着这对老夫妇，他们你一句我一句地讲着自己的过往，老婆子说到兴奋处时还会拉起我的手，从她的眼睛中我看到的只有小孩子的喜悦与青春。

原来，老头子比老婆子大六岁，那时的人们对于年龄很是迷信。老婆子的父母极力反对，说是两人的属相相冲，以后必定不好过，老头子的母亲也是这么说的。于是，两个人的书信往来便终止了，但是他们各自都珍藏着对方写给自己的字字句句。比如老婆子将那些信件平铺着压在了褥子下面，老头子则把它们放在一个布袋里，埋在了一棵树下。他们再也没有相见，也没有收到对方的只言片语，哪怕是一句"你好吗？我很好"的简单问候。后来的老头子和老婆子都各自成了家，心里也偶尔会想起对方，但也

听不完的故事

都只是在黎明前的雨季靠在床上默默微笑罢了。两年前,他们相继成了孤家寡人,孝顺的子女们想尽一切办法联络到了对方,让两人度过最后的美好时光。

我听了这个故事,眼眶有些湿。这也的确算不上是什么伟大的爱情,那么平凡,却也命中注定。在这个世界上,给不了彼此幸福的两个人,就算住在同一条街道或者同一栋楼,也可能终生不曾擦肩。我感叹缘分的奇妙,也羡慕这个不掺杂金钱利益的普通爱情。

这里还有一块在书院门的摊铺上买到的金发晶,它只花了我十几元钱,有些瑕疵,晶体内的发丝也不过寥寥几根,并且碍眼地纠缠着。

你,愿意用一个故事与我交换吗?

2012 年 4 月 12 日

日本记之学校趣闻

我很庆幸自己能够拥有一对开明的父母，他们对我与众不同的教育方式，让现在的我变得更加独立。十岁的时候，在父母鼓励下，我游学去了日本。

在那里，我上的是整个日进市最好的香久山小学，光是在学校里认路就花费了我三四天的时间，直到我离开这所学校时还是只能找得到校长办公室以及我所在的班级。才来学校的日子其实并不怎么好过，对于一个身处异国并且只会简单口语的十岁女孩来说，在这里生活下去真的需

日本记之学校趣闻

要足够的勇气。我的日本同桌姓什么现在已经记不得了，不过她的笑容真的很灿烂，灿烂得让我经常有些不知所措。学校里的老师、同学都说我长得特别像日本女孩，齐齐的刘海儿和披肩发，圆脸和大眼睛，瘦小的身材包括名字等等。每当大家这么说我时，我都会用中文嘟囔："明明是你们日本人长得像我们中国人嘛。"

我其实非常佩服我的班头，她是位全能老师，国语、数学、英语、音乐、美术等都是她一个人教。这位女老师对我很好，但我清楚地记得起初仇日心理严重的我并不领情。第一天中午放学后，老师走到我面前笑眯眯地问："中国话的'下午好'怎么说？"我眼睛转了转，教给了她。可笑的是，下午一上课，她就站在讲台上对底下的同学用别扭的中文大声说："二百五！二百五！"后来又用日语为大家解释"二百五"就是中国话"下午好"的意思。这下可不得了了，我们班上顿时成群的"二百五"呼叫声，差点儿笑垮了我，还好翻译没有在一旁，否则我一定会遭到极其严重的鄙视。但转念一想，这群小日本还真是傻得可爱。

在香久山小学，我读五年级。这里五年级的数学才开始学除法，但对于一个中国女孩来说，二年级就必须为升入重点初中而努力地学习奥数了。第二天上学，学校便有了随堂测试，一份卷子上面有十道除法题，竖式是列好的，只让学生算出答案即可。对于我来说，根本不需要什么竖式，眼睛一看答案便出来了，轻轻松松地在三分钟内写完了卷子，考试时间却是半个小时。日本的孩子其实和我们一样，也会作弊。就比如我那个同桌，趁老师不注意时眼睛就像幽灵一般飘在我的试卷上，然后飞快地抄着我的答案。卷子发下来后，我自然是一百分，而同桌从前一次考试的零分猛然间跃到八十分，班头竟然不做任何怀疑地给她竖大拇指，如果这种情况出现在中国，哪怕她考三十分，老师或许都会怀疑其试卷的真实性。最让我无语的还是我那个同桌，她明明什么都不会，抄我的答案才得到八十分，还拿着卷子拍着胸脯给周围人炫耀。在这里要说一下的是，日本小学的学生在考完试后，就算考了很差的成绩，老师还是会笑着鼓励他并且为他加油。

每天的课程很少，早上四节，下午两节。三点不到就放学了，学校有很多社团可以参加。女生们大多数都去参加家政类的社团，我也就跟着混了进去。同桌给我了一块方巾，教我叠成三角形绑在头上，再戴上围裙和手套，转眼间我就化身成了家庭主妇的模样。那天我们学的是做米团，这些实践类的课程我自然都是不会的，因为我们的学校不会给学生教授这些与升学无关的课程。于是我拿着铲子和平锅胡混了将近一个小时，最后品尝自己的成果时，我还把别人的成果全吃了。当时特别庆幸自己碰到的课程是做饭，听说前几天这些孩子们还学习了运用缝纫机缝制衣服、鸡毛掸子的用法、灯泡的维修及安装等等。连我妈都不会的灯泡维修，日本竟然在小学就教授给孩子们，实在令我佩服得五体投地。

一定要提到的就是体育课，你真的想不到有多么残酷。大夏天太阳晒得人都要脱皮了，体育老师却会将学生们带到没有阴凉的场地训练。他们训练什么？叠罗汉！男生女生同样的待遇，一层又一层，倒了就爬起来继续。大雨天从不旷课，照样在雨地里面练习。每次遇到体育课，我都会趁机溜走躲起来，干什么也不知道，总之熬完这半个小时就是胜利。

在这段短暂的游学旅途中，十岁的我成长了太多太多，同时也让当时的我明白了很多同龄孩子无法看清的事实：独立，真的很重要。

2012 年 7 月 11 日

日本记之我的寄宿家庭

我的爷爷是八路军，打我小时候起便喜欢给我讲些抗日战争时期的事情，我知道爷爷左边的一排牙是被日本人用炮弹打没的，他一直以来都用右边的牙齿咀嚼食物。在我十岁时，父母鼓励我游学去了日本。起初我以为爷爷会强烈反对，不过好在他老人家更开明，还嘱咐我一定要成为两国之间文化交流的友好使者，可只是孩子的我却没有他那样大气。

在日本寄宿家庭住下的第一晚，我和比自己小一岁的

日本记之我的寄宿家庭

妹妹内藤尤里拿着睡衣去洗澡。寄宿家庭的妈妈内藤晴美提前为我们调好了水温，也放好了水，她给我准备了一个竹筐，让我将每天需要换洗的衣服放在里面，她会帮我洗干净、熨好、叠得整整齐齐放在我的床边。在内藤家洗澡是分两个步骤的，先冲淋浴，洗干净后再跳进一旁放有花瓣的木桶中"浸泡"自己。我和尤里一起冲淋浴，冲完后她对我说："你先进去泡，我再把脸洗一洗。"我一步一步地踩在小木梯上，然后下到香气弥漫的热水里，泡了大约五分钟，我忽然狡黠一笑，并对尤里招手道："你过来泡吧，我不太习惯泡澡，先出去了。"于是我拿着浴巾走出洗浴间，尤里则笑嘻嘻地爬进木桶，享受了将近二十分钟的尿液花瓣浴。

说实话我在对木桶里的花瓣水动手脚时，心中还是非常忐忑的，万一被尤里闻到怪味，就算是我不小心造成的也还是会很尴尬，会丢中国人的脸面。但好在木桶里的水多，且花瓣的香味特别浓，才没有让我的诡计暴露出来。睡觉前，晴美妈妈问我喜欢什么颜色，我随手指着自己的睡衣说粉红色。而后她笑了笑说我很可爱，为我盖好鸭绒被关了台灯。在离开房间前，晴美妈妈还亲了我，对我温柔地说"晚安"。

不过，在晴美妈妈走后，我便固执地用被子狠狠地抹掉了脸上的那枚吻。

在日本住下的第一晚我睡得特别不好，床不是很舒服，虽然没有睡在榻榻米上，可是我睡的那张床真的很硬，以至于第二天起床后胯骨和背上都是青的。其实我睡觉前站在房间门口偷偷看到，晴美妈妈专门在原有的床上又铺了两层褥子，而且将床单拉得非常平整，还特地将枕头摆在床头的正中央。那时我非常感动，甚至有一瞬间的冲动想去承认自己对花瓣水动了手脚的事情。

记得第二天早上我五点就醒来了，拉开房间门时，大家都还睡得正香。我选好所要穿的衣服，在披散的头发两边各扎上一个小辫子，然后做贼般地悄悄来到洗手间。昨天洗澡时，晴美妈妈为我准备的一套白色浴巾及洗脸毛巾等清一色都换成了粉红，再看看自己脚上的拖鞋也从蓝色变成了粉红色，就在我快要陷入这感动中时，一个好听的日本女声在我身后响起："早安！"我转过身微笑着鞠躬道："妈妈，您早上好。"

早饭很丰盛：叉烧包、蛋糕、水果、小菜、巧克力、牛奶和布丁。现在想起当时的场景，唯一的感觉就是，真正做了回东宫娘娘啊。还需要提到的是，我的餐具都由之前的橙色换成了粉红色，而那时一直秉承"拒腐蚀，永不沾"的我只是个十岁的孩子，最后还是被感动得一塌糊涂。在往后的日子里，我发现晴美妈妈为我准备的饭盒、水瓶、衣服、笔等一切物品都换成了粉红色，甚至是一小瓶很不起眼的护发素。

每天早上出门前，晴美妈妈总会在我的水壶中倒上温热的茶水。我印象特别深刻，第一天是乌龙茶，下午我背着剩了大半壶的水回到家。第二天水壶中又换成了大麦茶，我依旧没有喝多少水回来。第三天喝水时，我意识到水壶中又换成了玄米茶，遂明白了晴美妈妈的心意，不爱喝水的我往后回家时都会背着空水壶，而水壶中的茶水直到我离开都没有再改变过。

2012 年 7 月 11 日

"背诵"要从孩子逼起

在语文课本中,大多数中小学生最痛恨的一句话便是"背诵并默写全文"。每逢名家名篇,无论是何文体是何内容铁定是要背诵的。而鲁迅先生的文章自是位居最难背诵及最难默写的榜首。其语言并未实现完全意义上的白话,孩子们默写起来常常不是多一个"的"字就是少一个"了"字,家长们或许不以为然,但老师的火眼金睛可不会就此放过这些孩子们。为什么?因为"背诵并默写全文"的意思就是一字不差、一字不错地将原文复制出来,若是

"背诵"要从孩子逼起

能将原文的字体也复制在默写本上,那便是再好不过的。

听妈说,我刚学会说话不久,她就开始教我背很多唐诗宋词。传授方式无非是她说一句我跟着重复一句,我或许连自己死记硬背着些什么鬼东西都不知道,又或许觉得调调还算押韵,于是便像个小情种一般天天张口闭口地念着"红豆生南国,春来发几枝"。可是后来的后来,当我理解了这首诗的内容,我是多么想要澄清三岁的我真的很单纯地以为这句话的意思是"每到春天,南国的红豆就会生长在树枝上"。

明朝时期,国家为了选拔人才会进行八股取士。这下好了,有才的没才的,只要你会背书,你都是人才。就如当前的大小考试一般,只要你能背过所有考试大纲中要求的内容并将其一一复制在考卷上,你就能轻而易举地房获老师、家长和大多数同学的芳心。记得初中有位成功偷走老师芳心的孩子,她的死记硬背功力已经登峰造极。每每当我还在捶胸顿足、仰天长啸地发愁何时才能背过手中的《小石潭记》时,她便已经能将下周需要背诵的《岳阳楼记》脱口而出,看到她满脸的灿烂我恨不得以头抢地。有次默写完,她悄悄地问我:"《岳阳楼记》中'滕子京谪守巴陵郡'的'滕子'是什么意思？"

我错愕地看着她道："亲，'滕子京'是个人名啊，你是怎么背的书？"

她无所谓地笑笑："死记硬背啊，默写过了就好，哪来的时间去逐字逐句地理解。"

同样的事情在高中时我也经历过。高中的历史课本分为必修与选修，老师从来只讲高考大纲内的知识考点，考纲中不要求的内容只字不提。刚升入高中时，我对这些"游戏规则"并不了解，还嚷嚷着问老师："为什么不讲康熙这一课？"

"高考又不考，你学它干吗？"纵使我长了一百张嘴，在那一刹那我也不知该如何应答这句极其现实的回复了。

高考又不考，你学它干吗？万一以后像晴川和若曦一样阴差阳错地穿越到了康熙雍正时期，我是不是除了人尽皆知的"九龙夺嫡"之外，就对这段历史一无所知了？嘿，即使穿越到过去，都没脸承认自己是个未来人。很多孩子的终极目标就是熬完死记硬背模式的高考，他们心里始终将大学想象成自由的天堂。但是入了大学才知，又将迎来新一轮的背诵挑战。就如一些学校会开设写作课，美其名

"背诵"要从孩子逼起

曰是提高学生的综合素质，但考试时的题目大多为抽象定义的默写，如：结构是什么？写作是什么？或许对于柯南来说"真相只有一个"，但对于文学来说，是不该给人的思想套上枷锁的。更何况，没有一个伟大的作家是因为其写作课课本中的抽象定义背得滚瓜烂熟就能写出好的作品。我讶异于这门课程的考题，更鄙夷这门课程的开设目的。

或许你会说，在当前的形势下，如果我们不抓紧时间背诵"有用"的知识，而是耗费精力在其余"无用"的信息上，那么如何能使这条学府大道畅通无阻？是的，我也是这么过来的，并且也没有更好的办法告诉你。所以，我们只能养成一个从小"背诵"的习惯，尽可能地让自己舒舒服服地笑着走下去。

2012 年 7 月 6 日

水晶之恋

女人天生爱珠宝，我也不例外，尤其喜欢研究水晶。类似施华洛世奇那种名贵的人造水晶我是很少带的，因为带着它就等同于随身带着一块高铅玻璃，太恐怖了。所以，我决定寻找一块适合自己的天然水晶。

话说此日天朗气清，惠风和畅，桃花漫天飞舞，木兰团团锦簇，我捧着满心的欢喜，踏上了寻找水晶之路。要找到一块天然水晶很容易，但若要找到一块适合自己的天然水晶，那真得花上些时间和精力。

上午。书院门。

此处是我首选的地方，别小瞧了这条破旧巷子，里面还真藏了些奇珍异宝呢。进入第一家水晶店，未见老板，先见晶洞。那紫莹莹的晶洞着实美丽，还散着一股子神秘气息，其实说白了不过就是由岩石内部的气泡晶体构成的家伙。不同的晶洞颜色有不同的寓意。黄水晶的晶洞被认为是商人用的，紫水晶被认为是家里放的，而白水晶则被认为是学校用的。老板亲切地向我介绍着店内的各类水晶，见我面上不露丝毫喜色，便取出了几款颇为美丽的水晶展示在我面前，估计这些是镇店之宝。我仔仔细细寻寻觅觅，双眼忽然聚光，盯上了一个金发晶的项链坠子，它的晶体为白晶体，其内部颇为清澈，光泽度很好，且发丝细而绵密，顺而不乱，相当美丽。这个坠子的一旁还躺着一块绿发晶，但是晶体内稍有些天然的云雾，看起来不是那么清澈。我和老板寒暄了几句，又继续起程。

中午。钟楼。

这个繁华的地段，水晶店也比别处要多。我先踏入了几家店，天然水晶较少，人造水晶非常多，大概是商家明白现在女人极度爱美的心理，才摆出了成堆成堆能在阳光下绚丽耀眼的人造水晶。不过再怎么耀眼，也失去了天然水晶本身的灵气，它来自大自然，体外凹凸不平，每一块都独具特色。妈妈非常喜欢对睡眠有帮助的紫水晶，市面上成色好的紫水晶产地大多是巴西，最高品质的紫水晶为中度暗紫色，并带有强烈的红色辅色。最高等级的紫水晶会自内而外闪耀出红色和粉色光泽，紫水晶一般以稍有云状物，颜色深紫，晶体通透为上品。

紫水晶固然好，可是带的人多了就稍显俗气，我还是继续寻找那块适合自己的水晶。一同去的朋友给我推荐含有微量二价铁离子的海蓝宝，据说海蓝宝以明洁无瑕、浓艳的艳蓝至淡蓝色者为最佳。人造玻璃和人造蓝色尖晶石与海蓝宝很是相像，但要辨别真正的海蓝宝还是很容易的，它的特征是天蓝色、海蓝色，玻璃光泽，韧性良好，包裹体少，洁净、透明，具有弱二色性，六方柱状晶形。人造玻璃和人造蓝色尖晶石颜色虽然与其相似，但是都为均质体，无二色性。店铺老板见我对水晶略知一二，便头头是道地告诉我关于海蓝宝的佩戴禁忌：佩戴海蓝宝的同时不能佩戴佛、菩萨、貔貅、八卦镜、龙龟、白菜、财神、鹰、文昌塔、聚宝盆、泰山石。这是因为戴佛、菩萨代表修行佛教，佛教讲究的是不求今世但求来生。佛教讲究一切如梦、一切都是身外之物。要是戴海蓝宝再戴"佛、菩萨"就无任何功效，只能当作一般的饰品。我听得满头冷汗、满脸黑线，于是放弃了这块冷艳无比的海蓝宝石。

我的八字中金旺缺木，而木在五行中属绿色，所以最终决定要寻找一块绿色的水晶。每到一家店铺时，老板听了我的要求，基本都会拿出含有镁铁化合物的绿发晶或绿幽灵递给我。绿发晶是很美，且晶体内部的发丝通常都是由细小柔软的碧玺构成，但是颜色鲜艳细腻的绿发晶是非常少见的，所以我再次放弃了这款水晶。至于被称为绿色幻影水晶的绿幽灵，它不过是白水晶中包含了不同颜色的火山泥等矿物质，而内包物颜色为绿色罢了，并无值得我留恋的地方。

下午。钟楼。

我拖着精疲力竭的骨架，支撑起满是尘土的臭皮囊继续走在寻找水晶的路上。抱着最后的希望，来到了新正元地下广场内一家名为"晶贵人"的水晶店，猛地一看这名字，嘿，真俗！店里有一个大筐子，里面扔着成百上千的天然水晶手链，它们看起来是那么可怜，大的小的各色各类的都相互纠缠着躺在那里。猫眼儿、虎晶、石榴石、月光石，各色发晶看得人眼花缭乱，我随手翻了一翻，却没见着个特别一些的。于是，我将手伸进那堆水晶的最下面，随手抽了一串出来。这是一串绿色的水晶，猛一看有些像绿发晶，但是它却通体为优雅纯正的深绿色，间或有银白色螺旋条纹状纤维，形成一种非常独特的美丽。我拿着这串水晶鉴定了半天，要说它是人造水晶，随便拉来一个过路人都能看出来它百分之百是天然的，没辙，只好求助店铺老板。店铺老板惊讶地看着我说："你从哪里找到的？这是绿龙晶，我以为我们家店里都没有了。绿龙晶在水晶店中非常少有，尤其是这种小小的绿龙晶手链。小姑娘你今天真走运。"听了老板的话，我对这串绿龙晶手链更添了一份感情，于是买下了它。临走时，老板还送了一条黄兔毛的挂件给我，虽说不值几个钱，不过黄兔毛水晶对于肠胃和消化系统是很有帮助的。

绿龙晶是绿泥石家族中的一个品种，产自西伯利亚比卡尔湖区，在俄国又称为天使之石。它有助于消除脑部的谜思，看清事实的真相，带来真知通达智慧；可以消除尖酸刻薄，带来温暖慈悲与富有灵性的幽默感；女士佩戴绿

水晶之恋

龙晶有助于带来高贵雍容的不凡气质以及慈悲包容的气度。而绿龙晶经过适当的开光，可使灵性最高、灵力最强。

至今，这串绿龙晶手链我已经戴了三年之久，并且去寺里找师父为其加持。我依旧很喜欢去水晶店中闲逛，有趣的是，只要去水晶店中，老板必会看着我手腕上的绿龙晶夸赞一番，我也很是欣慰。因为直到现在，我都没有在哪家水晶店中再找到过绿龙晶手链的踪影。

2012 年 4 月 9 日

九月里的神秘部队

网络上曾有传言道：美国军用卫星显示，每年九月左右，中国境内会出现上百万神秘部队在各大城市集结，半个月后神秘消失。后来美国投入上亿美元军费进行战略研究，最后终于得出了结论。

新生军训。

入校的第一晚，在宿舍便听到了隔壁邮电大学新生们喊出的军歌，记忆也就随着回到了一年前，我初穿军装站在艳阳下的时刻。

九月里的神秘部队

用全景镜头来看，整个操场的新生从上到下、从里到外都着学校统一发的绿色迷彩服，就连一双小小的袜子都是清一色的绿。原本闹哄哄的操场在教官们几声震天的训斥下，连飞过的蚊虫都得轻轻喘气。

我被分在二十八连，连队里全是女生。只见连长刚一做完自我介绍，连队一下子又炸开了锅，"好帅的教官""真幸运，分了个帅教以后的十五天就不会那么苦了""咱们连长看起来好斯文"……

我站在太阳下，周围一片嗡嗡声，顿觉头昏脑涨，眼前一黑就直着身子坐下去了。连长姓沈，倒没有那么难说话，让我出列去阴凉处休息。我心中大喜，嘿，以后累了就装晕呗。但是老天对我这个处心积虑谋划着日后军训如何偷懒的姑娘真的太过于宠爱，第二天军训时就被告知把我分去了编辑部从事文字工作。在编辑部当编辑，自然日晒不了雨淋不到，每日除了看看稿子就是窝在办公室里看电影。众人羡慕连连，不过现在想来倒不是什么值得高兴的事儿，至少我没有受过那份苦，也尝不到其中的乐，每天各个连队发生的事情也都只是从投来的稿件中得知。

就说我们二十八连的沈连长吧，短短几天时间，他就成为了女生们稿件中的主人公，我着实好奇。于是便拿着相机跟着几个摄影的去一探究竟。这一探，还真让我对这位沈连长肃然起敬。远远的，只见连长一身军装格外精神，腰间的皮带系得那叫一个紧，和我当年用背背佳出来的收腹效果不相上下。此时日头正毒，连队的女生们早已将自己带的水喝个精光，原本粉嫩的小嘴一个个都起了干皮。我正准备用相机记下大家这辛苦的一幕时，连长下令原地休息，接着将自己的水拿出来分给了大家。我是最见不得这种场面的人，眼圈顿时就红了。或许这种事情对于军人来说时有发生，但对于军训的孩子们可是第一次经历。这件事后，我收到的稿件里基本都写到了连长无私奉献的精神，逗得我前仰后合。

记得从办公室回到宿舍时，大家都已训练结束，东倒西歪地躺在床上。我们宿舍的琦琦则不同，自从开始军训便每晚回来写日记。我八卦地想去看看她写什么，后来在我的软磨硬泡下她偷偷告诉我："我在给咱们连长写日记，你别说出去。"我恍然大悟，经过这几天算是形影不离的相处，沈连长在众女生心目中的形象已经升级了。于是，我又一次拿着相机去了连队。这次我刚走到旁边，就听见沈连长慢条斯理地和女生们"谈心"道："我知道你们之间肯定会有矛盾，但是做人一定要宽容，要能够包容每个人的缺点。"我心中一愣，这个沈连长原来还是个文化人，从没发过脾气，遇事都只是心平气和地讲道理，和每个人都处得像朋友一般，又更像一位细心的大哥哥。

"沈连长只比我们大两三岁""他高考成绩十分优异""听说文采很好，还会写诗呢""特别体贴，从不罚我们，都是以鼓励为主"……每每提到这位沈连长时，大家的话匣子就再也关不住了。我虽然没有参加军训，但我目睹的几件事情足以让我对这个"大孩子"沈连长赞叹不已。

窗外军歌依旧嘹亮，不知今年的学妹学弟们又会碰上怎样的教官。但我知道，他们一定也会像去年的我们，对自己的教官又爱又恨，临走时却都是挂着泪痕依依不舍。

而美国人呢？他们一定不会再投入军费来研究我们这支出现在九月的神秘部队了。

2012 年 9 月 6 日

思　棋

唐有诗人王建，夜看美人下棋："宫棋布局不依经，黑白分明子数停。"宋有鬼才赵师秀，待客之时亦举棋："有约不来过夜半，闲敲棋子落灯花。"可见，下棋自古就是人们打发时间、消遣娱乐的好方法。但往往在下棋时，方寸之间，我们便可观尽人生百态。

前儿个与我的五子棋师傅一同去观看小学生五子棋比赛，这不看不知，一看便顿悟不少。初入赛场时，我被坐在门口的一对儿约莫七八岁的小孩子吸引。小女孩稚嫩的

思 棋

脸庞绷得紧紧的,活像沉稳的小大人。此时,坐在对面的小男孩,两指参差地夹着棋子,双眉微皱,忽而两眼放光似是寻到一步好棋,之后又微微摇头否定自己,又过片刻,只见他稳稳当当地落子,缓缓松了一口气。我细细读着那盘棋,小女孩的攻势很强,且在短短的时间内便能落子,而小男孩则是以守待攻、深思熟虑。

初学五子棋时,我总是横冲直撞、寸土必争,不做思考且常常心不在焉。受到方才那两个小孩子的诱惑,待比赛结束后,我便缠着师傅大战几个回合。与师傅下棋,自是会口头签订"不平等条约"的,比如我若能在十五招之内不败给他,便判我胜。我深深地吸了一口气,将黑子落在棋盘正中的"天元"一点,而师父则不急于落下他手中第一枚宝贵的白棋,只是细细斟酌。我等得有些不耐烦,开始东张西望起来。前几步我走得格外大手大脚,但渐渐地便吃力起来,有一种患得患失的心态悄悄然在身体里蔓延。看着手中棋子一枚一枚地落下,我越来越谨慎,每一步都好似人生中一个艰难的抉择,一招不慎,满盘皆输。纵观全局,此时我已由原先的主动方变成了被动方,被师傅的每一枚棋子牵着鼻子走。于是,心里越来越着急,我不甘心防守，总是贪心地寻求进攻机会，时时刻刻都在心中谋划着如何转换攻守局面，如何能置师傅的白棋于险境，如何才可以快点儿赢了这局棋。

回家之后，巧合间翻到南宋词人苏东坡的话："胜固欣然，败亦可喜，优哉游哉，聊复尔耳。"这使得与师傅屡战屡败，屡败屡战的我得到一丝安慰。下棋时，除去技艺不说，我在开局便输在了求胜心切这一条上。而在起初落子时，为了布出有利格局，我对自己的黑子并不够珍惜，棋下了一半又开始束手束脚、瞻前顾后，贪心地不愿失去任何一小处对自己眼前有利的地盘。

人生如棋，有舍才有得，盲目抉择、贪念大起只会令自己失去得更多。棋子如岁月，落下一子，便少一年。只是输了一盘棋、几个棋子，依旧可以从头再来。人生呢？哪里有过多的岁月供你从头再来。

2012 年 12 月 3 日

"九〇后"女孩的恋爱梦

"从今天起,你就是我的人!"

一个长相平凡又毫无闪光点的女孩遭遇到另一个家境好、成绩优、才艺多、外貌佳的完美男孩温柔又霸气的表白时,坐在电视机前身为女孩同类的你激动地抓紧薯片袋子,女汉子般豪放地抹去痘坑里的泪珠,不住地放声尖叫。姑娘,韩剧和台剧已经完全将木马病毒植入你的体内啦,还是待我为你揭露现实中的恋爱吧!

懵懂时的小学梦。

作为一个"九〇后"姑娘,你从小学起便能通过网络接触到五花八门的大千世界,杂七杂八的偶像剧如连珠炮般整日整夜为你洗脑。寒暑假,你抛弃了那四位眼珠子里只有经书却对女色毫不动心的爷们儿,曾经陪伴你走过童年的知识型蓝猫、机智型哪吒、英勇型葫芦娃甚至是喜欢"咯叽咯叽"太阳穴的一休都令你嗤之以鼻,唯独清宫里五阿哥那样白嫩秀气、体贴入微、风趣幽默的男子虏获了你懵懂的心。

于是,上课时学着小数点乘除法的你开始对同桌、邻桌或者前后桌的小男生投去似有似无的目光,尤其是五阿哥那样有着白皙皮肤的秀气小男生。你开始故意欺负他,小男生莫名其妙地被你打两拳踢一脚,但他并不生气,仍旧陪着你打打闹闹嘻嘻哈哈。中午放学时,小男生从兜里捏出皱皱巴巴的五毛钱,去小地摊买了三十根那会儿特流行的红黄绿三色黏牙糖,又将剩下的两毛钱大方地扔给摆地摊的老奶奶,买了两张辣子片与你一起分享。

那时候,他是你心中的五阿哥,你却是他心中的福尔康。

童话里的中学梦。

"九〇后"女孩的恋爱梦

每个月总有那么几天令你兴奋不已,不是肚子痛,而是可以揣着抠出来的零用钱去报刊亭抢购各种言情小说。小说中写了各式各样的美男:冷若冰霜、霸道无比的校草型男一号总是令你怦然心动;柔情似水、骑士般守护着女主角的男二号使你泪眼蒙眬,那些校花或者极其优秀的女孩子在小说中不是被塑造成瞎(读哈)心眼子就是不得善终,而平凡的女主角总能够误打误撞得到校草的真心并成为全校焦点。

于是,你忘乎所以地制造和校草偶遇的机会,用像素不高的手机偷拍着篮球场上爱穿桃粉色T恤的他,阳光下他冲着你身后的校花露出三十度角的恶魔式完美微笑,你完全被电倒,不在乎他到底露出了六颗牙还是八颗牙,脑子里只有一个想法:他也喜欢我!

回家后,你坐在桌前奋笔疾书,妈妈推开门欣慰地看着你刻苦的背影没有打扰。终于,你那矫情的、青涩的、以抒情为主叙事为辅的大作完成。末了,还不忘在那装着大作的粉红色信封内喷了几下妈妈的名牌香水。夜晚必定是难熬的,你抱着被子在床上翻来覆去,眼前浮现着你和校草惹人关注的幸福生活。或许明天,他还会当众给你一个散发着薄荷香的吻。

那时候,他是你心中的白马王子,你却是他眼中丑小鸭式的陌生人。

现实中的大学梦。

不知是谁规定的,步入大学就等于恋爱自由。倘若大学里你没谈个男朋友,大四毕业后你爸你妈比你还愁,今儿瞅上了那家的儿子,明儿又盯上了这家的富帅。终于,你有了属于自己的初恋,那个戴着眼镜儿抱着课本与你一起打水一起吃大食堂的斯文男生。他可能在你宿舍楼下摆过蜡烛,也可能专挑情人节花价堪比金价时,勒紧裤腰带送你一束玫瑰,不是你认为俗气的红玫瑰,而是洋气的蓝色妖姬。你捧着玫瑰向舍友们炫耀,告诉她们,毕业后你要和斯文男共赴婚姻的殿堂。

有一天,舍友挎着名牌包、带着名牌表,张口闭口说的都是那些你没吃过的大餐。你的心里忽然有些莫名的难过,看着炒河粉对面的斯文男,他正狼吞虎咽地吞着油泼面,你忽然发觉,他其实没那么斯文。后来,舍友和她的男朋友带着你见了几回世面,你开始不满足于吃大食堂,不满足于染了色的蓝玫瑰,你发现自己曾经与斯文男共结连理的念头简直愚蠢得可笑。于是，你想方设法勾搭上了富二代，他不高也不帅，甜言蜜语哄得你团团转，你以为这才是属于你的真正爱情。

这时候，他是你心中的极品男友，你却是他生命中的甲乙丙丁。

2013 年 7 月 2 日

捣蛋生归来

上学的时候，每个班总会有那么几个学生让老师"咬牙切齿，恨之入骨"，不守校规、迟到早退、上课睡觉、下课大闹、作业不交、考试不好……这类学生要么被老师们归入"重点保护动物"一类严加看管，要么就被"驱逐出境"，进行边缘化无视管理。

高中毕业后，班里的好学生们曾组织了几次回母校的活动，而我与几个高中的死党们都没有参加。这原因嘛，一个是好学生和捣蛋生关系不熟，一个就是害怕老师只记得那些曾经学习好的孩子们，早已将我们这群捣蛋生抛之脑后了。

这日，恰巧与几个高中死党合作回母校拍摄素材。不料刚走到学校门口，曾经带过我一年的语文老师便叫住我："哎呀，你怎么才回来看老师，老师很想你呢。"我张着嘴巴尴尬地指着自己，而后老师直接叫出我的名字又道："怎么能不记得你，上课总是出去上厕所，一上厕所就上到快下课才回来。我还知道你考上了211重点大学呢，好好学，老师以你为荣！"听完这番话，我感动得只差没有眼泪哗哗。

在学校拍片子时，陆续又碰到了十来个老师，竟然都记得我们这群捣蛋生，这使得我们兴奋不已。"两年前，你们几个就拉帮结派地在学校里横行霸道，两年后，你们这个组织怎么还没有解散？"一个威严而又熟悉的声音从身后传来，我们都笑了。在德育处主任那里，我们可是榜上有名的头号红人。"怎么又不穿校服，为这件事我已经说了不下一百遍了！衣服拉链拉上，指甲油洗了，首饰通通都卸掉……"德育处主任故意紧绷着的脸终于绽开笑容。是啊，上学的时候我们多么憎恨那灰不溜秋、土不啦唧的校服，还曾经信誓旦旦地扬言:"毕业当天,咱们组织的十二个人团结一致,要将所有的校服统一扔到学校大门口示威三日!"如今我们的那身校服依旧放在柜子中,舍不得扔,更舍不得穿。

我和死党们爬上顶楼,那是我们曾经渴望早点儿远离的教室。教室里有女生偷偷地将头埋在桌子下面啃着菜夹馍,眼睛还时不时地朝着讲台上的身影警惕地瞄过。有男生将手机塞在衣服袖子里开心地回复着信息,或许手机的那头就是隔壁班的漂亮女生。还有的变身磕头机不停地打盹儿,也有将言情小说藏在课本下面眉飞色舞阅读的,然而大部分学生都在专心听讲。我们从窗外仿佛看到了从前捣蛋的自己,有死党叹了口气:"好想再听数学老师讲一节变态的三角函数呐。"待学生放学后,我们几个穿着"奇装异服"的学长学姐激动地冲进教室,一会儿坐在桌前自拍,一会儿又站在讲台上对着一黑板的英语语法道:"此生英语水平最好的时期莫过于高三了!"

班头得知我们回学校的消息后,强烈要求请我们去学校对面的馆子撮一顿,见她不计前嫌地邀请我们,我们也都大笑着与班头勾肩搭背。"你们这十二个孩子啊,我这辈子恐怕是忘不掉的。一个比一个聪明，但就是让我太费脑筋了。想当年带你们的时候，我哭也哭过，甚至辞职的想法都有，不过一咬牙还是坚持了下来。现在你们虽然才毕业两年，不过我看着啊，以后一个比一个有出息。"

那年的某个清晨，我将早饭、校服和空白的卷子装入书包，穿上一身漂亮的衣服拼命地朝学校奔跑。在快到学校的地方停下脚步套上肥大的深蓝色校服，带着额上细密的汗珠装出一副憔悴无神的样子，以生病为借口轻松进入早已打铃的校园。坐在最后一排的"特殊学生"宝座上，接过旁边死党们递来的答案，我用自己都佩服的速度将那张空白卷子写满，而后还故意错上几个用来增加真实效果。待班头巡视过后，只见坐在最后两排的我们齐刷刷地先脱校裤，再脱上衣，展露那时我们心中的潮流。

捣蛋生每年都会再有，但我们的捣蛋生活再也不会重来。

2012 年 11 月 20 日

想念，也是一种陪伴

或许在寂寞的时候，想念，也是一种陪伴。

想念的不止是亲人、爱人、友人，也可以想念陌生人、陌生地、一部电影、一种味道、一丝感觉……

我想念一块充满色彩的地方。

面朝沧海，背靠青山，上顶蓝天，下踏黄沙，四周有莹莹绿柳，褐色的雀儿以及路旁橙红色的屋顶，幽紫色的窗。

我想念一丝特殊而又平凡的感觉。

想念，也是一种陪伴

在那个我想念过的地方时常有一阵微风，几滴细雨。吹在脸上的是清爽，打在身上的叫湿润，吹打进心中的却化作无限的深沉。

我想念一个同我一样不靠谱的俗人。

在那个我想念的感觉下，我们曾互相挎着胳膊几度穿梭在大街小巷中，提着费尽口水才砍低几块钱的廉价衣服，时说，时笑，时叹息。

我想念一种如梦般甜腻的味道。

每当与那个我想念的人在一起时，她总像孩子般拉着我撒娇，而后我便会在附近瞥见一种五块钱就能买来一大袋的味道。从最原始的奶油味发展到各种颜色的果味，但我们到末了，依然固执地扔出钱选择最初的童真。

我想念一部已经泛黄的电影。

情节近乎没有丝毫印象，但在看那场电影时，我的周围飘满了我想念过的味道，也是每个去看电影的人在电影院习以为常的味道。那部电影给我留下的记忆少得可怜，可怜到我不知为何要花钱费时间去看它。

我想念一个笑起来有深深酒窝的演员。

通过那部我想念的电影，在少得可怜的记忆里熟识了他明朗的笑容。后来我在网上疯狂地搜索他的个人资料，用他不同造型的写真海报做壁纸，与任何说他坏话的朋友一刀两断。

后来的后来，我又想念了那黄沙漫漫、海风轻轻的地方，为的只是在舒适的感觉下，和想念的俗人抱着童年的味道去参加我日思夜想的他的粉丝见面会……

想念，有时也是循序又循环的。

迈进这不断循环的大圈子中，光阴流逝，想念牵拉着你。

酣睡过去。

那时，便不再寂寞。

2009 年 8 月 9 日

无奈的罚款单

翻开塔罗牌，得到的是逆位"宝剑三"，在财运方面代表此时期有不满意的状况出现，要注意一些额外的支出或是意外的花费。

我捧着手上那三张制作精美的罚款单，欲哭无泪。你一定会问我，罚了多少钱哪？答案是不知道。若是有明确规定需缴多少罚金，我也不必像现在这样抓耳挠腮的，难就难在这罚金的数目是要看诚意来缴，缴的越多代表你越有诚意。你一定又会问我，什么罚款单是要靠诚意来缴罚金的？

答案是：请柬！

没错，我一个正准备奔二的小年轻竟然在两周之内连收了三封请柬。一封是印有粉色玫瑰的结婚请柬，另一封是印了大红色双喜纹样的结婚请柬，这第三封最是让人目瞪口呆，黑白相间设计素雅的葬礼请柬。

记得小时候在老爹桌上见到过一张特别好看的卡片，打开之后上面写着：兹定于某月某日中午12：00在某宾馆为犬子满月特备薄酌志庆，届时恭请光临，恕不介催。当下，我便对着老爹惊呼："爸爸，这人真牛，家里的狗生儿子了都要宴请宾客。"因为是我第一次参加满月酒，所以那些场景给我留下了深刻的印象。爸爸带着我来到宾馆的二层，只见两扇被彩色气球装饰的格外华丽的木门，门里是酒宴，门外则摆着一张桌子，上面堆满了红色的毛主席头像。桌前坐着两个人，一个人收钱，一个人登记。这时我才知道，哪里有天上掉馅饼的美事儿，吃酒宴都是要掏银子的。那满月宴办得有声有色，席间，小孩子的妈妈则抱着这个满月宝宝一桌一桌地来收"祝福"。呵，那宝宝虽在妈妈怀里香甜地睡着，但怀里、兜里、脖上和手腕、脚腕上挂的都是

无奈的罚款单

众人送上的小金佛、银锁子、转运珠等等,好不气派。

闺蜜米儿同我一样认识这三位朋友,因此我的心里便也得到了些许安慰。在参加第一场婚宴时,米儿一副如丧考妣的模样对我说:"还说这个月买靴子呢,看来得挨冻到下个月咯。"以前都是看着爹娘掏红包,这次我们二人也亲身经历了一回。红包给少了,自己都拿不出手,更别说去迎接收钱之人和周围那帮阔绰之人的鄙夷目光。若是给多了,自己荷包扁平囊中羞涩,滋味儿也是不好受的,你说无奈不无奈?

这年头儿,一张毛爷爷那是万万不够的,好赖也得二五八百朝上走。米儿和我在圆桌前坐下,上菜时她一个劲儿地给我碗里夹大虾:"这玩意儿能值点儿钱,咱们得多吃,吃不回两百块也要尽力吃上个一百三四,实在不行,走的时候兜儿里揣上一把瓜子花生,拿回去慢慢嗑。"于是我们两个俗人闹饥荒似的将桌上的海鲜都席卷肚中,温饱之余,我拍着她道:"别怕,物价照这么涨下去,早晚有一天咱俩连本儿带利的都能赚回来。实在不行就多结几次婚,多下几个崽儿,但你千万别给我寄'罚款单',我可不想砸锅卖铁地过日子。"

葬礼罚款单我亦是第一次收,这位朋友故去的爷爷,我和米儿压根儿就不认识,但无奈罚款单在手,只能拍着自己的脑袋哀叹:"无语哉!无语哉!"单数为阳,双数为阴,所以这白色信封里的罚金也很有讲究。五百?那可不行!得双数。六八百?也不行!朋友亲人故去,你送六八百代表祝福他六六大顺恭喜发财,丫儿不跟你翻脸就见鬼了。怎么办?只能硬着头皮勒紧裤腰带和米儿每人再添一百了。

啃老的日子不好意思过,那就只能捏着罚款单啃馍馍。不知日后奔四奔五的年纪还有多少罚款单等着我,可我也只能无奈地祈求罚金没有那么多。阿弥陀佛,阿弥陀佛,能不能取消罚款单的规矩让人好好过生活?

2012 年 11 月 1 日

寒冬里的老乞丐

家门口有一座天桥，每年夏天的晚上都会有位带着蛤蟆镜的大叔坐在那里卖盗版碟，春秋天也会有卖文具的年轻人三天打鱼，两天晒网地在上面坐坐。唯独冬天，那座桥上总是冷冷清清的，没有看点。

五年前的冬天，我一如既往地背着书包爬上那座天桥。六点多的天空依旧黑得有些瘆人，冷风肆无忌惮地撞击着校服下面的身子，我仿佛置身于一个带着零星灯光的冷藏室中，于是下意识地将头埋得更低，以便存下些许残留的温热。

"小姑娘，给点儿吧。"微微弱弱，沙哑中又带着无限乞求的声音从右下方传来，令原本瑟缩在宽大校服中的我一个战栗。侧过身子，借着昏黄的灯光低头瞧去，深陷的眼窝，布满皱纹的面庞，干涩的嘴唇犹如旱季里龟裂的大地惹得我连连皱眉。是个蜷缩着坐靠在天桥栏杆前的老太太，她的面前放着一个大碗，碗里零星有几张揉皱了的一角钱。听老一辈儿迷信的人讲，天未亮时阴气最重，四处都有乞讨的孤魂野鬼。我慌慌忙忙从口袋中捏出一把零钱朝大碗的方向扔去，头也不敢回地便一口气跑下了天桥，将那老太太的"谢谢"二字遗留在寒风中。第二日清晨，我有些害怕地走上那座天桥，天桥上面空无一人，顿时，我的心脏就像三角函数般高低起伏跌跌撞撞，莫非昨日遇见的真是一只孤魂野鬼？

直到放寒假我都没有再上过那座天桥，而是每天走远一些去过马路。

转眼便过年了，大年初三的正午，爸拉着我一步步地爬着那座天桥。刺鼻的油漆味熏得我面目扭曲，前些天，这座天桥为了应景所以被翻新了。天桥右首边，一个裹着

寒冬里的老乞丐

灰黑色棉衣的老太太跪坐着，身旁还跟着一个脏兮兮的小男孩在冷风里幸福地舔着棒棒糖。爸走过去，给老太太面前的青色搪瓷大碗中放了几块零钱，我也学着爸，从兜里拿出几块刚从亲戚家顺走的过年糖放在她的碗里。老太太深陷的眼睛直勾勾地盯着我，那眼睛里泛着笑意，她弯腰给我和爸作揖，口中念叨着："谢谢恩人，谢谢恩人。"一旁的小男孩见那大碗中放着花花绿绿的糖果，伸手就去抓。他急切地用牙齿撕扯着糖果那小小的塑料外衣，而后满意地将糖果从那烂了洞的小外衣中挤进嘴里。看到他揉眼（陕西方言，不雅观地）的样子，我忍不住躲在爸身后笑了。

九个月后的冬天，大约仍是十一月下旬的日子，老太太又出现在了天桥上。我不记得她的长相，但那青色的搪瓷大碗我是熟悉的。这次我背着书包从她面前经过时，并没有了先前的恐惧，而是对冷风中的她笑了笑，放下一块钱。就这样，在第二年的冬天，每天清晨与这位老太太的点头问好变成了我的习惯。有时我会从家里多拿一个面包带给她，有时还会把不想要的厚围巾也塞给她，但自始至终我都没有与她有过超出三句话的交谈。或许是怕旁人用异样的目光瞧我吧，我到底是个俗气的孩子，还是很在乎这些。

四年来，我也逐渐摸透了老太太的乞讨规律。每年十一月中旬到下旬，她会准时地捧着那个青色的搪瓷大碗出现在天桥上的右首边，次年的二月底便会不知去向。每天清晨六点多都是她孤身一人坐在那儿，到了中午暖和些时，她的身旁就会出现一个爱吃糖的小男孩。

今年的十一月过完了，寒冬里的天桥孤零零地坐落在那里，原本每年陪伴它的老太太和小男孩却失了约。我提着包，高跟鞋"咯噔咯噔"地落在那座天桥上，溅起细微的尘土。冷风斜斜地抽着我冻得没有血色的脸，我站在天桥上的右首边，用力将大衣裹了裹，未来几天可能会下雪。

望着即使有行人穿梭却也空荡荡的天桥，我竟有一丝难过。

2012 年 11 月 30 日

重口味 + 小清新

泡菜！泡菜！泡菜！

在棒子国停留的一周时间，我大约吃了几十顿泡菜，每天都会为自己的肚子填入红黄白萝卜、白菜、海带、豆芽……泡菜是韩国人生活中最神圣的食物，韩国的泡菜文化可以说是声名远扬。

旅游期间，一行人被带入泡菜学校的三号教室中学习如何制作韩国国粹。当老师告诉我们韩国拥有二百多种泡菜时，我的脸都绿了，这意味着他们见到什么"泡"什么。

我们每个人的面前放着一个巨大的圆盘，盘中静静躺着一棵洗得白净的小白菜，边缘则放着用鱼露、辣椒粉、盐、糖、蒜调制成的酱料。带上塑料手套，跟随老师的讲解与示范，我捏起少许酱料来回涂抹在白菜的第一层，此时我的手必须灵活得像把刷子，在每一层白菜叶子上左右摆动。最后一片叶子较大，是用来将上面一摞叶子绕着圈捆住，原因是为了更好地发酵。

韩剧中总能听到男女主角将泡菜称为"妈妈的味道"，也时常嚷嚷着要吃妈妈做的泡菜，制作泡菜的方法总是由老一辈女人传给自己的女儿、儿媳，所以这泡菜又被称为"用母爱腌制出的亲情"，时间越久，味道越酸，情谊越重。当我们一行人从釜山"转战"至济州岛时，我才见识了真正重口味的泡菜。济州岛以渔业为主，在岛上自然是吃海产品。于是乎，桌上的泡菜由素转荤，什么比目鱼泡菜、鱿鱼泡菜、带鱼泡菜、墨斗鱼泡菜、虾泡菜，凡是你能想到的海产品，无一幸免地被"泡"了！这味道嘛，对于我这个吃惯炒菜的人来说还是有些怪怪的。然而泡菜的营养却非常高，还能改善肠道功能、预防糖尿病、高血压，降低胆固醇、抗肿瘤、调节免疫等。

有重口味的存在，自然少不了小清新的一面。韩国男女每餐都吃得较少，且饭菜清淡，人均年食用油约为十两，这可是中国人每月的用油量啊。令我印象最深的便是当地很有名气的人参炖全鸡，导游说，每到夏季，韩国人都是排队预约，乃补气血之佳品。面前一个砂锅样的器皿，清汤包裹着一只白生生、完整整的童子鸡，再无其他。许多爱吃肉食的男人们乐坏了，张开嘴便凶猛地撕咬，接着皱眉咽下，发出感叹："这也太清淡了吧！没味道的鸡肉叫人如何吃得下？"用勺子将这只鸡剖开，里面填塞着糯米、白参、红枣和板栗，皆是水一样的味道。同行中有人准备充分，从国内带了咸菜、辣酱、香油等调料，对于我们大家犹如黑暗中一道耀眼的光束。

不过正是因为韩国人清淡的饮食习惯，这大街上才能走着一群又一群身材绝佳的姑娘小伙儿。姑娘们为了心仪的帅哥瘦身，小伙儿们为了看中的妹子健身。你想拥有什么样的人，就要去想这样的人想要拥有什么样的人！

2013 年 8 月 13 日

减肥专业户

五年前。

"母后,你终于回来了,赏儿臣一个 kiss 吧。"我朝出差半个多月回来的老妈扑去。

"天哪,二十多天不见,你怎么变成了皮球!"老妈一句话,硬生生地将我这伸出去拥抱她的臂膀拦截在了半空中。

"哈哈,我可是最优秀的肥猪饲养员。"身后传来老爸诡异的笑声。这二十多天来,或许是因为只有我们父女俩相依为命吧,老爸便将大部分的精力都放在了改善我的伙食上,每次吃饭时愣个儿地给我碗里添各种美食。

自此,我便踏上了减肥的不归路。

因老妈的身材保持得极好,而当时的我也一直在走T台,获得了不少少儿模特大赛的奖项,所以老妈对我的身材要求得相当苛刻。她回来的第二日,就将我轰去了美容院做精油瘦腿。精油瘦腿是由美容师用精油配合按摩手法将腿部的经络推通,接着打碎腿部的脂肪块,再通过被动活动的方式将碎脂肪燃烧。精油瘦腿的初期需要每天都去进行按摩,所以价钱自然也是极高的。

当时的我并没有觉得自己像老妈说的那样胖得离谱,只不过是从"偏瘦状态"升级到了"正常状态"而已。但人有时候无意间听到的话,总会成为最致命的动机。记得那晚我失眠,躺在床上许久未合眼。忽然听到爸妈房间传来很小的说话声,好奇心便驱使我竖起耳朵仔细听了起来。

"以后别给娃喂那么多饭,你又不是不知道,她这个人是给多少吃多少,吃多少胖多少。"老妈责怪的声音传来,我在房中撇撇嘴。

"其实,我娃也不算胖呀。"老爸的声音传来,我心中大喜,瞬间觉得还是爸爸好,但老爸接着又道:"只不过腿粗了点儿，屁股大了点儿，肚子上的肉多了点儿，胳膊胖了点儿，背厚了点儿，脸圆了点儿罢了。"

What？

我对老爸方才的好感顿时飞流直下三千尺，接着就暗骂自己真是闲得慌，没事儿偷听爸妈的私房话做什么。是呀，我也知道他们本来应该说点儿甜蜜的私房话，谁想着却因为我胖了十三斤的事情，竟剥夺了二老矫情的时间。于是，基本上不会流眼泪的我第一次用被子蒙上头，没出息地抽泣了很久。也是从这一晚，我便下决心一定要减回到原先的八十五斤。

在这个减肥产品满世界盛行的年代，我自然也抵挡不住它们的诱惑。

一号产品，纤体饼干。据售货员说，此饼干吃后会有饱腹感，让人见到食物则不会再有食欲。我大喜，扔下四分之一的生活费买了一盒。可谁想着，那饼干实在对我胃口，原本餐前只食五片的规矩被打破，我只用了两天便将这一大盒饼干解决完毕。这个方案自此便告一段落。

二号产品，左旋肉碱。说起这号产品，近几年可是席卷全中国啊，我再一次经不住诱惑甩下二分之一的生活费购买了一个疗程（三瓶）。前几日，我很准时地在早晚饭后的半个小时服用它，不出两周便是隔三岔五地想起来吃一次，想不起来就一个月都不吃。直到现在，仍有一瓶半的左旋肉碱被我藏在抽屉的旮旯里，为了不被爸妈发现还特意用一堆杂物将它掩埋着。

三号产品，清肠茶。这个方案在我还未来得及实行便夭折了，原因是我的闺蜜恰巧在我准备购买这号减肥神器时打来电话抱怨："最近都快烦死了，为了减肥，我天天喝清肠茶，效果倒真的不错。可是……可是……"见她支支吾吾，我连忙问怎么了，她不好意思地小声道："这玩意儿有依赖性啊，我停了三天不喝它，就三天不排便！"

四号产品，瘦身梅。上大学后，人闲下来，大多数的女生都开始有发胖的趋势，减肥产品在众人之间更是盛行。一朋友说，她尝试了一款中药梅子，效果特别棒，便好心地给了一颗让我试用。我欣喜若狂地吃下这个宝贝，两个小时后肚子则剧疼无比，直冲厕所。那一天，跑了六趟厕所的我，打死都认为我那位朋友铁定是对我恨之入骨了，才处心积虑地如此整我。

再后来，我尝试过网上流行的二十一天减肥法，这个方法要求前三天断食，只能饮水，坚持了一天的我便因前胸贴后背的痛苦而放弃了。又尝试了燃脂大黄膏，热衷于研究古医术的我觉得选用中药大黄一定没错，于是我在双腿上涂抹大黄后又用保鲜膜将腿包上。但我忽略了此产品有个"燃"字，半个小时后我的腿被烧得又红又烫，而大黄膏又不能见水，见水则会更烧，所以我无法将腿部的药物清洗掉，只能造孽地在房间里光着两条腿来回跑了几十分钟，腿部的热度才渐渐消失。

如今，我依旧在减肥，但是终于找到了正确方法：管住嘴，迈动腿。爸妈也在暗地里帮助我，比如老妈会将我至爱的巧克力藏在常人根本无法想到的犄角旮旯里，老爸则会将伙食顿顿变成白灼各种蔬菜。

话说，圆乎乎的时候也挺好。肚子饿了可以咬咬自己，心情不好了可以捏捏自己，冬天冷了，亦能暖暖自己。

2012 年 10 月 21 日

写给我的黄儿

嘿,相差十五个小时、一万一千六百一十九点四公里的你生日快乐。

大约倒计时两百天我们就能见面了吧,我想着你回来时一定又变美了,一定还变得更加强大了。时间过得很快,我仿佛还活在六月里的那个二半夜,我们各自在家中大哭就像失恋了一样,米儿两边打着电话安慰,记得她跟我说:"小孩儿,你坚强一点儿,如果你都不坚强了,黄儿会更伤心的,她现在也哭得很凶。"

是呀，我和米儿没有陪你去成美国，现在的我也没有坚持学英语，那个万恶的语言整得我就像得绝症了一样要死不活的，不过你还是要对我抱着希望，两年后你回国了我们一起去澳洲。缘分真的很搞笑，还记得今年五月份吧？我们三个扔了手头所有的事情跑去咖啡厅晒着太阳当怨妇，因为我们三个同一时间失恋。你喝卡布奇诺，米儿是摩卡，我只喝焦糖拿铁，本想着我们可能会抱头痛哭或者我们其中至少有一个人流眼泪，但是除了骂骂咧咧到愤愤不平再到哈哈大笑，别无其他。早上的咖啡厅人很少，邻桌只有一个老外默默上网，我们三个心有灵犀地同时对他从头到脚地扫描。米儿说他长得不错，你仔细听着他打电话都说了什么，我扫来扫去还是觉得亚洲人看着舒服。

　　你在国内时总说以后要和我过日子，你走后米儿也总说我若是个男人她就嫁给我。我现在有点儿得意，我是有什么魅力能让你们这两个女人想对我托付终身？咱们三个之中，黄儿你其实属于不太合群的，因为你喜欢欧美文化，我和米儿则拜倒在了传统文化的膝下。这样也好，中西结合，恰巧就成了稳固的等腰三角形。写完这篇给你的文章后，我又要去弹琴了，这回第一首我就弹老柴的《六月船

写给我的黄儿

歌》，是你最爱的曲子，我亦是。为此你应该开心一下，因为我和米儿有共同经历的曲子竟然是祖古白玛奥上师版本的《大悲咒》。有时候想想，我和你们两个在一起可以过出两种风格的生活，比如跟你一起喝着咖啡听《六月船歌》，跟米儿则是品着茶听《大悲咒》，好笑。

今年十月份，你和米儿又都难过了。那天太阳特别好，你们是知道的，我这个人讨厌雨雪阴天，只要有太阳我便会傻乐。可是那天知道你们两个过得不好，我在太阳地里差点儿大哭出来。前些天你发微信，在微信里哭得很伤心，你说你一个人在美国快要撑不下去了，我在家里揪心地难过，可是无能为力。有时候你说我没想你，因为我没有给你发微信，没有去你的人人网看动态，你真傻，其实我和米儿每天都会说到你。

常常跟米儿说，等你回来了，我们要一起逛街买衣服、一起喝下午茶、一起做按摩、一起去美甲、一起泡温泉、一起听音乐会、一起去旅游、一起谈笑风生嬉笑打闹，米儿建议我们以后把房子都买在一个小区，每个人都嫁个不常回家的老公，这样老公不在时我们三个就一起生活。你看看，米儿连未来都规划好了，哈哈。

我说过要给咱们三个写一部小说，已经开始写了，不过估计得写上好几年，因为我还要看着你嫁人呢。你总觉得我内心很强大，你做不到像我这样，其实咱们三个之中最强大的还是你，我只是运气好一些而已。好好照顾自己，我只能说这句话。看了这篇文章，不要傻乎乎地流眼泪，否则你真的对不起我，因为我已经很努力地将这篇文章的抒情性降至最低了。看在我处心积虑不想让你哭泣的份儿上，屏幕前的你咧嘴笑一个吧。我知道，你笑了。

黄儿，生日快乐。

2012 年 12 月 11 日

这些年，你们一起追过的雍正

当乾隆爷垄断了整个古装剧的时候，我还正抱着《中国皇帝传》将康熙爷研究得走火入魔。在看到乾隆他爹、康熙他儿子雍正的专集部分时，我很不明智地选择了忽略掉这个在位仅仅十三年的"四爷"。那时的我，万万没有料到这个帝王之中普通到极点、勤政到极点的射手座男人有朝一日竟能以"情圣"之名傲立大清王朝。

"复习得怎么样了？"高考前二十天，我向好友飙去电话。

"在看《宫锁心玉》。"好友答完立即收线。

"卷子写了没？"高考前十五天，我发短信给另一好友。

"昨晚看湖南台的《宫锁心玉》，没顾上。"好友回复。

对于流行信息极度不敏感的我，连忙百度了何为宫锁心玉。见是一部以穿越为题材的清宫戏，我这个历史迷便一下来了兴趣。也不管那差劲的英语了，每天上网坐等更新，边骂边看完了这部雷人戏。继《宫锁心玉》后又惊现了《宫锁珠帘》《步步惊心》和《后宫》等清宫系列电视剧，一下使得前些年独霸古装舞台、与雍正爷同做过"四阿哥"的乾隆爷失去不少粉丝。

我身边便有大批的"四爷党"屹立在那里，虎视眈眈地盯着另一部分"八爷党"。这不，每天上学放学的途中，两党都在我耳边喋喋不休地争论着。

"最后若曦和四爷真心相爱了，八爷就是个垫背的。"四爷党发言。

"晴川最终还是和八爷在一起了，四爷不过是剧中的炮灰男二号而已。"八爷党反驳。

"拜托，雍正单相思了穿越女晴川，又与穿越女若曦相爱，这些很狗血的剧情都是虚构的好吗，历史上哪有这两个人。"我汗颜地站在两党中间。

"但是四爷爱过怜儿。"

"四爷还喜欢过甄嬛。"

两党合作，共同抗击我，但我实在不忍心告诉他们《宫锁珠帘》中的怜儿、《后宫》里的甄嬛和《还珠格格》里的老佛爷其实是同一个人，都是乾隆爷的生母——熹妃。

这些年，雍正爷变得劳碌不堪。在短短的十三年里，他除了要写一千多万字的谕旨不说，现在还要为他增添三千佳丽，让他挤出时间去处理后宫事务，或许这样的雍正爷仍是显得不够悲哀，作者们还要让后宫嫔妃争先恐后地给这位皇帝扣上比翡翠都绿的帽子，这个妃子生一个皇子是太医的，那个妃子再生一对儿皇子又成了王爷的。

雍正啊雍正，我都替你抹泪了。

其实，穿越之心人皆有之，我也是个资深穿越迷。但作为一个整日整夜无时无刻都盼望着回到古代的穿越迷来说，单看几部无厘头的雷人宫廷剧，掌握寥寥几首穿越必备的古诗词是远远不够的。古代文字、古代建筑、古代服饰、古代礼仪等中国传统文化，你若不去下些功夫研究，哪日机缘巧合真的穿越到了雍正时代，我敢保证那不便利的生活设施和不够洁净的卫生习惯定会让你彻底崩溃。尤其是女同胞们，在卫生巾没有发明出来时，妇女们永远都是未得到解放的。

某个频道，四爷正在《步步惊心》里和若曦暧昧；切频道，四爷正在《宫锁珠帘》中和怜儿缠绵；切频道，四爷在《宫锁心玉》里喜欢晴川；切频道，四爷在《后宫》中娶了甄嬛……

有人说：生活就像四爷，不是你换台就可以逃避的。

何晟铭版的冷面雍正，鼻孔朝天；吴奇隆版的腹黑雍正，偶像当前；陈建斌版的多情雍正，虽老还癫。那些年，你们追过的雍正，追追就行了，认真你就输了。

2012 年 10 月 21 日

温泉人

夕阳渐隐,池月东升,蒸腾氤氲的水汽之间点缀着三三两两的欢声笑语,竟与这寒冬里的冷韵不相协调起来。常听人提,冬泡温泉是绝佳的养生妙法,这不,我亦禁不住诱惑站在了露天温泉的大小清池之间。

披着浴巾刚踏出房间时,一股冷气便扑面袭来,击得我不禁打了个寒战。四周景色葱茏,我却顾不得欣赏,左右瞥了几眼,拣了个离房间最近的池子便钻进去。约莫一两分钟,这才缓过劲儿来。那池中晶莹的泉水温热地裹着身子，滑而香腻，泛着阵阵的木材味儿。我细细地打量着，发现池子边立着一盏仿古的米色灯笼，灯笼上规规整整地附着三个字：名木汤。若是你曾泡过温泉，这名木汤的名字定是听过的。名木汤通常是利用温泉水配以功效各异的香木，运用五行原理便能达到健脾行气的疗效。我伸出手在水面上拍打着玩耍，那水珠轻轻地溅起又柔柔地落下，再次汇聚成一汪漾着涟漪的明镜。

从名木汤出来，服务生会递来浴巾，披好，再选择下一个池子浸泡。不远处立着一座典雅精致的亭子，亭子外皆挂有霞影牡丹红的纱幔，随着微弱的冷风缓缓而动。我一下子来了兴致，沿着白净的石子铺成的小路曲折走去，路两旁的奇草仙藤拥着身子，着实可爱。只见亭前一盏同方才一样的米色灯笼，上附"玫瑰汤"三字。用手掀开纱幔，这亭中的池子与古装剧中宠妃们沐浴的池子竟设计得一般样子，恰巧此时池中并无他人，我便有模有样地学起了古时的女子。款步踏上两层石阶，我先伸手试了试泉水的温度，而后坐在池边，先浸泡双脚，时不时地用手舀起一些温热的水泼淋身子，最后慢慢地坐入水中。亭内上方挂着艳红色的宫灯，四角也皆挂了灯笼，那池子的一旁设有沉稳静谧的木制桌椅，让享受温泉水滑的人仿若真的置身于宫中。风时而拂过，那挂着的薄纱便婆娑扬起，与亭外月色的冷光交相辉映，映得亭内五彩斑斓。望着池内那宛若玻璃漾着水晶，珠玑盛着琥珀的泉水，我竟与明代徐霞客有了同样的感叹："不慕天池鸟，甘做温泉人。"

三步一小汤，五步一大汤，汤泉荟萃情景相生。若是这个冬季，你仍然发愁不知该前往何处游玩，不如也学学杨贵妃的"温泉水滑洗凝脂"，尽情享受隆冬里的"泉心泉意"。

2012 年 12 月 9 日

爱情三十六计

"爱情三十六计,就像一场游戏,我要自己掌握遥控器……"

七年前的冬天,我在 KTV 里杀猪般地号叫,同去的闺蜜一边往嘴里大口填着爆米花一边含糊不清道:"喜欢就追,省得以后想早恋都晚了。"

"万一我第一次表白就被拒绝,以后的恋爱道路一定很坎坷。"我向大我四岁的闺蜜投去求救的目光。

"看在你请我吃了两包爆米花的面子上,我会自始至终做你的坚强后盾。出招吧!"闺蜜说着顺手将蔡依林的《爱情三十六计》重放了一遍。

于是,我便对七年前一见钟情的那个男孩子展开了爱情攻略。为此,我还特地将三年级时买的《三十六计》从头到尾反复看了很多遍,可惜没悟出多少有用的东西来。

第一招,感动至上。男孩大我两岁,虽不在一个学校但却在一个小区。所谓近水楼台先得月,为了我的初恋,我买了最漂亮的日记本开始为他写日记。几个月后,我将日记本和一封三千多字的情书送到他的手上,转身以博尔特的速度从他面前消失。过了很久,男孩发来短信说,只当我是妹妹。我自然明白这种俗气的借口,因为言情小说中这样的情节太多了。

第二招,写诗写文。我总是喜欢幻想自己和他之间会发生些什么,起初只是写写日记,后来便有了为这个男孩子写小说的想法。于是上初一的我开始为他写了很多篇言情小说,一写就是七年,至今写作已经成为一种习惯。除了写小说,我还为他写了几首藏头诗。将一切作品发给这个男孩子时,收到的答复却是:"其实我对言情小说不感兴趣,不过你真的挺有才。"

第三招,假装示弱。除了数学以外,我算是对理科一窍不通了。初三开了化学课,我坐在第一排总是目不转睛地盯着老师滔滔不绝的嘴巴,根本不知道为什么那些英文字母之间还会夹杂着数字和等号。为此,班主任差点儿将我们家的座机打成热线电话,常常对老妈描述我在化学课上如何"卖瓷"。自己的娃咋看咋好,老妈虽然很不服气,但她知道我这个丫头做什么事自己心里有数,所以并未对我施加任何身体或言语上的暴力。巧合的是,我喜欢的这个男孩子的化学每次都是班里第一,于是我便又示弱又发嗲地让他给我补化学,心想着一举两得的事情何乐而不为呢。其实不是每个早恋的孩子都会成绩一落千丈,我为了不让这个男孩子失望,日夜刻苦学化学,终于在期末考试时化学成绩拿到了全班第三,当时激动得只差没把这份试卷用相框裱起来挂在我的床头。

第四招,顺其自然。上了高中后,得知男孩有了女朋友,我坐在客厅里抱着抽纸盒子号啕大哭了几个小时。老妈吓得一个劲儿安慰我,老爸也一阵又一阵地逗我笑,后来哭着哭着便在老妈的怀中睡了过去。那段喘气都如刀割的日子,我爱上了中国传统文化。于是开始读了老子、孟子、庄子、孔子、墨子、孙子、鬼谷子等各派人物的著作，其中最喜欢的是佛家和道家的思想。我开始努力使自己的心静下来，让自己在这个浮华的世界中沉下去，坚信顺其自然，命中注定，一切随缘的道理。我时常提醒自己：命里有时终须有，命里无时莫强求。执着是魔，放下是佛，只一念之差。

"是谁开始先出招，没什么大不了，见招拆招才重要，敢爱就不要跑……"

2012 年 8 月 14 日

在忙碌中孤独地享受生活

总是觉得好的文章只有在孤独的时候才可以写得出来，不是内心上的真正孤独，而是那种一个人时假装的一种孤独感。

这天下午，阳光很温暖，没有风，听不到鸟叫声。我的心情出奇的平静，出奇的坦然。在卡其灰色的小双肩包中放了几本书，一沓白纸和两支黑色水笔，我决定去一个地方写一些东西。不得不承认，我很懒，懒到不想去一个离家远一些但很适合码字的地方。纠结了一番，还是去家对面的上岛咖啡厅吧,熟悉的地方会让我有种安全感。临出门前,我找了件碎花雪纺连衣裙穿,它很适合我现在的心情。画了淡妆,并将发梢部分小小地烫了一下。今天换了以往用的香水,改用百果香味,甜甜的却不失雅致。花香的衣服,果香的味道以及淡雅的冰淇淋妆,我喜欢这种清新的感觉。

平日里每天急死巴活地学习,生活节奏快得让我不能喘息。这个周末,或许还有许多人忙着工作,忙着学习,可我不想这样。我需要平静,我只有一辈子可以享受,我的生活也无法倒回原来。所以,既然懂得这些,就应该尽情地享受生活。我想,我一定是生错了年代,这个年代并不适合我。如果倒回几百年、几千年,我一定是位隐居于田园山水中的女诗人。对于现实中的名利争斗,我很厌恶;对于现实中的生活速度,我很厌恶……可是,有什么办法呢?既来之则安之的道理,我也是懂的,所以,只有在身心很疲惫时,才可以逃离一下现实,就比如现在。

我在来上岛的途中,揣摩着要不要写一篇关于孤独与享受的文章。而在坐电梯时,看到旁边贴着的上岛咖啡的广告语:"忙碌的生活中,享受小小的一杯咖啡,可以让你拥有孤独与孤独后的希望。"很讶异，这正是我今天犹豫要不要写的主题，而此刻，我更坚定了写它的念头。

来到这家咖啡店，服务员态度依旧那么好。她亲切地问我："几位？"我也很轻地说了声："一位。"然后她的眼神中流露出一种奇怪的色彩看了看我。找了一个最安静的地方坐下，要了一壶百香果茶，拿出纸笔和书本，给好朋友发条短信告诉她："我在上岛，我很好。"

这里的沙发是绿色的，四周都是木质的隔档，我旁边的隔档上还放着几摞休闲杂志，灯光柔和，背景音乐是班得瑞的《仙境》。以前总和妈妈来这里，这里的晚上，总会有一个穿着白色西装的年轻小伙儿演奏钢琴。我喜欢这家咖啡店的感觉，更喜欢那架三角钢琴。

坐在这里，我的效率异常地高，把之前学的政治课本又翻看了一遍，也背了一遍；写完了两份数学卷子和两份语文卷子；想了许多事情，也想明白了许多事情。我这个处女座的孩子有事没事最爱做的就是反省自己。孔老先生说得多好："吾日三省吾身。"估计他也是处女座的吧。处女座的人总是与这个世界互不相容，他们很特别，也很有品位，讨厌不合理的事情，却也像个老古板一样规范着自己。

我的斜前方的另一间隔档内坐着一个穿墨绿色休闲衬衣的男人，大概二十三四岁的样子，他和我一样也是一个人拿着笔和纸在认真地写些什么。当我的文章写完三段时，抬起头伸了个懒腰，看到他正朝我的方向微笑着看来，于是我对他也微笑地点了点头，而后我们又都各自埋头在雪白的纸上横竖地画着。我觉得很幸运，能够在这里遇到一个陌生人，他和我一样做着彼此都熟悉的事情。

天色渐渐暗下来了，背景音乐一首首地换着，在我没留神的时候已经变成了一首英文老歌。灯光慢慢变亮，我也欣慰地看着自己今天学到的东西和写出的东西，由心底生出一抹笑容。

有一些冷，又喝了一小杯香气四溢的茶，茶水的温度在体内滑遍全身，多好。我问自己："孤独吗？"不，我不孤独，我很幸福，因为我还可以开心地笑出声来。

亲爱的你，不要总是忙碌着，抽出一天时间，花一些钱，安安静静地享受一次生活，让你的心灵净化一次，给自己一个缓冲的时间，那样你才可以、也才能够冲得更远，更加努力。你可以不必像我一样坐一下午为的只是写些不怎么样的东西出来；你可以给自己的 mp3 充足电，听着喜欢的音乐走走停停；你也可以挂着单反相机去记下自己心底所隐藏的那些欢喜与释然；或者带着你的真心去看看你的爷爷奶奶，他们很爱你，却总是见不到你；或者在阳光下读一本一直想看却没有时间看的书，然后写一些感受；又或者……

不管怎样，你总是需要一个驿站，孤独地立在那里小憩，孤独地享受小憩时的安逸。因为只有那样，你才能够奔跑得更久，更远……

2010 年 12 月 11 日

老爹难懂女儿心

人人都说,女儿是爹爹前世的情人,所以这一世老爹最疼的就是女儿。女儿就像老爹的掌上明珠,即使捧在手里也是提心吊胆地生怕损伤一丝一毫;女儿也像老爹的心尖尖,稍有差池就会揪心地痛。所以对于女儿,当爹的通常都会精神物质双富裕地将其如"小仙女"一般供起来。

我的老爹亦是。

从小小一点儿起,我就会学着别人在情人节时第一个对老爹送上祝福或是附赠一份儿小礼物,然后瞪大了眼睛期待着老爹的回礼，可惜不解风情的老爹总会对我说："小心肝，想买什么就去买吧。"那个时候，我的心里总会有不舒服的感觉。

和老爹嬉戏打闹的日子总是一闪即逝，我步入了大学。因为恋家和老爹对我的不舍，我选择留在西安。大学里在一起的两个闺蜜与我性格极像，且都有一个和自己称兄道弟的哥们儿型老爹。每个周五是女儿家们最开心的日子，因为众老爹们都会变身成御用司机驱车来到大学城接他们的"小仙女"回家。

只听得左首边儿的闺蜜甲在电话里道："老爷子，我已经收拾好啦，你现在到哪儿了？"

又听到站在右边的闺蜜乙："老爸，你就停在大门口吧，进来不好掉头。"

只有我犹犹豫豫地拨出老爹的电话，决定再试一次："老爹，今天有没有空来接我啊？"

"你自己走吧，改天再接。"电话里的声音未落，我的眼圈就红了。于是只好撇撇嘴，羡慕地看着旁边儿的两个闺蜜，闺蜜们听到老爹的回话都嘻嘻地笑，皆表示：女儿这么想爹，怎么做爹的就不懂呢？

老爹难懂女儿心

记得有一次，前晚答应送我去闺蜜家的老爹突然在第二天早上反悔了，看着坐在电脑前的老爹，我把嘴噘得可以挂住好几个香油瓶。只听得老爹幽幽传来一句："自己打车吧。"我本想以没钱来要挟他，可谁知老爹拿了张票子给我。那天早上，冷风把我的眼泪一股脑儿地全给卷了出来。我背着书包，摸了摸冻得通红的鼻子，粗鲁地抹去附在脸上的冰水嘟囔："臭老爹，你还能再送我多少次？趁着现在有机会应该好好珍惜才对嘛。我不是太依赖你，我只是觉得有老爹送的感觉真好。"

女儿如水，心思细腻。当爹的一不小心就有可能引爆他们"小仙女"心中的核弹，把二人之间微妙的关系链条炸得破碎凌乱。

前儿个老爹正准备出门便碰到刚从学校回来的我，老爹拿起车钥匙在我眼前晃晃："今天太冷了，我还说去学校接一下我们小心肝呢。"

听完这句话，我笑得格外灿烂。

2012 年 12 月 29 日

幼儿园成长史

后宫之中，总会有这样一个角色：受到委屈，逐渐走上称王称霸的道路。

我的幼儿园成长史便等同于一个后宫女人的奋斗史，着实有趣。大多数小朋友是在三岁左右进入幼儿园的，而我或许是一个特例，因为爸妈上班没人带我，一岁半便进入幼儿园。

我对第一家幼儿园至今仍保留着一些记忆片段。比如黑暗的教室，每天中午老师提着一个铁桶放在地上，给我们挨个儿盛上一碗清汤面条。桌子是平行四边形，淡粉色，班主任叫红梅。记忆中有一个女孩子，我不喜欢她，因为她总是喜欢用水彩笔将自己的指甲涂成绿色伸出来炫耀，我还记得自己在心里一定骂过她。

前面说的都只是些许片段，然而有一件事情至今我都清楚地记得，虽然发生在一岁半。红梅老师，这个让我觉得无法理解的女人。一天中午，她让我将板凳搬到一旁，走起路还颤颤巍巍的我提起那粉色木头板凳，很沉。我看向她，或许是求助的眼神，老师走到我身边，随意地提起板凳，却一不小心将凳子砸在了我的左脚小趾上，然后她看看我，提着凳子走了。记得回家后，老爸看到我走起路来有些跛。于是脱掉鞋子，我的左脚全是鲜血。左脚的小指甲盖掉了，至今都没有再长出来。爸妈说我格外勇敢，自始至终没有哭过。

后来呢？红梅老师被开除了，而我也转去另外一所幼儿园。

大约是两岁十个月，爸妈带我来到这所幼儿园。幼儿园里有许多大型玩具，我坐在一个小动物的身上，老爸推着我转圈。后来妈让我下来，我知道他们要把我送进教室，我不肯，便一直紧紧地抓着老爸的裤子。我被放进了楼层很高的一间教室里，地上有许多玩具，爸妈站在玻璃门口，我与许多小朋友坐在地上。老师逗我玩儿，我不理会，而是死死地盯着门口的爸妈。我哭了，没有很久，只一会儿，原因是爸妈转身离开，我知道没有流泪的必要了。我试图冲到门口打开那扇冰冷的门，可惜门把手太高，我跳起来也够不到。

后来我想，算了，下午自己又会被接回去，不如融入这个集体吧。其实，我错了。下午到来的时候，我看着一对对的父母将自己的宝宝们抱在怀中渐渐离去，教室里只剩下我和另外三个女孩子。第二天，第三天，我依旧住在幼儿园。

幼儿园正对着大门的空地有一个城堡，我总是喜欢在放学时爬上那座城堡的顶端，傻傻地望着进来接孩子的大人们。起初，我哭过，因为我总是等到大门关闭都没有爸妈的身影，然后随着老师和另外三个女孩子一起回教室。原来爸妈因为工作忙，总出差，将我"全托"在了幼儿园。

为什么我总是会提到三个女孩子？因为幼儿园里后来涌现了一个横行霸道的帮派叫作"四人帮"，那便是我们四

幼儿园成长史

个女孩子。

一次，老爸带着我来到幼儿园园长办公室，他和园长说着许多我听不明白的话。但是我唯一听懂的是：园长希望我爸给幼儿园写稿子。而这话的深层含义，仅有三岁多的我竟然揣测了出来。园长有求于我爸，自然会对我照顾有加。也就是从这次开始，我渐渐变得猖狂起来。果然，我犯了错，老师很少说我，每天中午和晚上的点心老师也让我先挑。

老爸同事的女儿珂珂和我同班，她到现在仍会对我说："我的童年是凄惨的，因为遇上了你这个霸王！"珂珂确实被我欺负惨了。记得那时，我从教室出来后，便会让"四人帮"中的另外两个女孩将珂珂压在地上装出马驹的样子，然后我会骑在她身上，让她驮着我走。珂珂给我当了很久的"坐骑"，但我仍旧待她刻薄。比如她常提到的一件事情："我现在头发稀少，肯定都是因为你当初揪的！"没错，当时我们有段时间睡的是架子床，珂珂在上铺，我在下铺。午休的时候我没瞌睡，但她却睡得很香甜，于是我便不愿意了。看着架子床缝中垂下来的头发，我伸手一抓，再一扯，只听上铺的珂珂"哇"的一声尖叫，所有小朋友都醒了。老师这回兴许是忍无可忍，罚我起床后不许吃西瓜，我嘟瑟着："吃西瓜还要吐子，这种麻烦的事情我瞧不上。"可能正因为这件事，导致了现在我都不怎么吃西瓜。

珂珂的爸妈总是对我爸说："你娃心眼儿特别多！"虽然当时听不明白，但我在私下里却常常揣测其中的含义。现在想来，倒是真的，如果心眼儿不多，又怎么会懂得揣测大人话语中的意思呢？

小的时候，别的小朋友都喜欢去荡秋千玩，我却不喜欢。总是来到一个弯弯的月牙船上，躺在那里，看着天空，一摇一摇地像个小大人似的享受。不是单纯的享受，竟然是在思考这样的问题：天上的神仙正在做什么？神仙的世界是怎样的？有与神仙交流的方法吗？神仙会告诉我以后的事情吗？或许正是因为小时候总是思考这样的问题，才导致了现在的我如此痴迷于占星学和预测学。

幼儿园成长史，不知是可喜的回忆还是可悲的。

2013 年 1 月 28 日

舌尖上的回民街

"麻花、油茶、胡辣汤、凉粉、烤肉、稀饭、醪糟、吃撒（啥）坐里边儿来……"

此话一出口，西安娃们便笑了。今儿个，就带着各位一起走趟这以饮食集中而出名的街区。

柳荫槐下清昼长，镜糕担子亦生香。沿钟楼向西一百多米，穿过鼓楼的门洞，先闻到的一定是传统小吃镜糕味儿。上自爷爷奶奶辈儿，下至四五岁的孩童，无一不爱这以糯米为主料蒸制而成的小吃。镜糕放在约莫十厘米直径的笼屉内，根据个人的不同喜好，在出笼后可蘸上芝麻、白糖、玫瑰、果仁以及各种口味的果酱。见我与朋友站在镜糕车前吃了一个又一个，老板便与我闲聊道："二十年前的镜糕是三分钱，拿一汽水盖盖儿都可以换一个镜糕。"是啊，随着近几年传统文化越来越深入人心，传统的小吃便也大受欢迎。十年前大伙儿吃到五毛钱一个的镜糕，到今儿已经是三块了。

人生如此多娇，咥碗泡馍把魂销。同盛祥、老孙家、老米家、老刘家可谓是位居西安泡馍榜首，这号称"陕西一绝"的牛羊肉泡馍吃起来那可讲究得增尿（陕西方言，此处为"很"的意思）。一个大空碗配上几个二两重的半发面饼，撸起袖子，搓热手掌，掰！讲究点儿的去洗手，而大多数资深吃货都是秉承不干不净吃了没病的心态，坐在众人群中细细地掰着。先将这饼掰成几个大块，再慢慢地掐成与小拇指甲盖同样大小的碎块，这掰好后还得把手伸进碗里抓揉几下，目的是让饼上的粉末散落至碗中，确保煮出来的泡馍余香满口，回味无穷。听朋友说，若是按照这样的方法去掰饼子，师傅一看是行家，便会格外用心地来煮这碗泡馍。煮好的泡馍上桌后，你根本看不到热气，得用筷子从碗内的一角拨开，这热气才混合着香气扑向你的脸。原因嘛，老吃客们自然知道，就是咱西安人的浮油保温妙招。沿着碗边用筷子慢慢将那筋道的粉丝、嫩而烂的卤肉片子和着沾了老汤的碎馍块拨入口中。嫽咋咧（陕西方言"好极了"的意思）！

柿饼芳香扑鼻到，恰似灯笼锅里照。用来纪念李自成的柿子饼是采用临潼的火晶柿子与面粉制成的风味小吃，有传统的黄桂馅儿、豆沙馅儿、芝麻馅儿，也有如今流行的果脯核桃、葵花杏仁、玫瑰葡萄干等等，路过时两块钱买一个，用纸一捏就能边逛边享受这皮薄馅多、外酥内软的极品啦。

定家小酥肉、铁家腊牛肉、贾三灌汤包、沙家水煎包、安家小炒菜、麻家甜镜糕……亲，你还能坐得住吗？坐不住就赶紧像黑撒（乐队名称）一样"揣上票子穿上大衣出门打个的，共同推广咱的三秦美食"。

2012 年 11 月 14 日

那年六月

那年六月,你不关心端午节是否能吃到叉烧馅儿的粽子和豆沙馅儿的绿豆糕,也不关心父亲节是第二个还是第三个周末,满眼的考试题是你度过"高考佳节"的唯一食物。

那年六月,你舌头冒泡嘴巴溃疡,想来是压力太大内火攻心,只一个字:急!

那年六月,三十七八度,艳阳高照,可你的世界却昏天黑地。万一忘带了准考证,万一进了考场脑子一片空白,万一成绩太低，万一……

自五月中旬开始，我便陆续接到几个学生发来求安慰的消息和求帮助的电话。学生小阁说，她要去求神拜佛点莲花灯，还说她写了祈福条挂在树枝上，虔诚地拜了掌管智慧的文殊菩萨。小琼还算乐观，看到我整日晒在网上的旅游照，她便激励自己一定要好好迎战高考，考完后也要背着相机装出一股子文艺范儿四处"漂泊"。还有小鹏，喜欢跟我探讨关于高考过后的人生问题，我总是劝他，不如翻开课本把关于三角函数的所有复杂公式再背背，文科生的数学是提分的关键。

笑着挂掉学生们的电话，我取出至今还保存着的高考准考证，黑白色的照片将我考前那呆滞的眼神和僵硬的面部表情印得清清楚楚。与准考证放在一起的，还有一张那年六月我用2B铅笔随手画下的一幅画，画面中央有一堵裂了细小缝隙的墙，墙的左边是花开遍野，右边则是一群被火焰追逐的蜜蜂。

那年六月，你的房间乱七八糟地堆放着不知能不能看得过来的试题，它们张牙舞爪地排列开来，霸占了你的整张桌子，好像在说："嘿，姑娘，不和我过招你就休想欢度高考佳节！"

那年六月，父母像孙猴子一样学会了变身，他们清一色变成菲佣又或是知心大姐，端茶送水又递饭，谈心开导加安慰。他们所做的一切，在你的心里擦出了深深的愧疚感与不敢现于人前的紧张，于是你不耐烦地嚷嚷："够了够了，让我清静会儿。得了得了，我都吃了多少补品啦。行了行了，我知道该怎么复习！"

那年六月，你一边复习一边用手机刷着社交软件，看到别人唉声叹气地发些高考准没戏的心情时，有种快感便会从心底悄然冒出来，之后再次开启学霸模式啃着那些满是墨水味儿的纸张。

没有硝烟的战场便是考场，无须制造新闻便能惹得周边亲朋好友都对你万分关注的便是考生，比考生还要急得焦头烂额却又极力表现出平静祥和的便是考生的父母。

或许我们可以像小琼一样乐观迎战，想着走出考场的那瞬间，即便是嘈杂的鸣笛声都如悠扬的弦乐；想着考完之后必会有一次无牵无挂的旅行，或者是收到各式各样的礼物和红包；想着下午五点考完最后一门英语时，约上几个一同从苦难中匍匐过来的好友去K歌发泄，一醉至天明；

想着马上便能抛弃掉那些"三短一长选一长,三长一短选一短,若是长短都一样,直接下手就涂 C"的荒谬技巧。

今年六月,带上你的准考证和身份证。

今年六月,带上你的签字笔和铅笔。

今年六月,带上你的三角板和橡皮。

最重要的是,别忘了带上自信的你!

2013 年 6 月 6 日

巧克力上的钢琴曲

两年前的冬天,一个学生家长介绍了另外一个孩子来我这里学习钢琴。这孩子叫可心,是陕南姑娘,由于高考关系,来到西安补习功课。初见可心妈妈时,她便很是激动:"我们可心的个性太强,到现在已经换了六个钢琴老师。她虽然喜欢弹琴,但却从来不听老师的话。听瑶瑶的家长说,你带钢琴有一套自己的方法,你一定要好好带我们可心啊。"

那次见面时可心也在,她对我的态度还算过得去。随手从桌上拿了块巧克力给她，见她特别开心的样子，我便试探着问："喜欢吃巧克力?"可心的脑袋点得像小鸡啄米一般，而被朋友称为巧克力天后的我此时偷偷地在心里笑了。

对于可心，"解药"的方子已经有了。

可心学过三年多的钢琴，但只对流行钢琴曲感兴趣，而对于真正的古典钢琴曲她是从来不正眼瞧的。我从冰箱中取出两块不同的巧克力，一块是比利时的牛奶巧克力，一块是俄罗斯的黑巧克力，接着又给可心布置了三首练习基本指法的曲子，而后将巧克力交给她："回家以后找两首适合这两块巧克力的古典钢琴曲来弹，不要求你弹得多完美，但你选的两首曲子一定要能表达出这两块巧克力的区别。"可心乐得连忙接过巧克力放进口袋，犹豫片刻又有些不好意思："老师，能不能多给我几块?"我当下便回绝了，告诉她，如果回课时曲子弹得好，将会再给她别国的巧克力作为奖励。

不得不承认可心是个很刻苦的学生，她虽然有个性，但对于钢琴所下的功夫我都看在眼里。一个星期弹会五首曲子，除了天赋之外还需要花费大量的时间，更何况这其中有两首曲子是需要她自己花时间来寻找的。

坐在钢琴前，可心翻开打印的谱子："老师，你给我的这块黑巧克力并没有特别苦，反而让我有种想要怀念什么的冲动，而柴可夫斯基的《六月船歌》给我的感觉就是带着淡淡的忧伤去怀念逝去的一切，所以我选择这首曲子来配合俄罗斯的黑巧克力。"听完她的回答，我在心中暗赞，可心将这首曲子诠释得很好，每一个渐慢或加强的细节她都凭着自己的感觉弹了出来，曲子结束后我为她竖起了大拇指。接着她又有些愁眉苦脸："比利时的牛奶巧克力甜得有些奇怪，我实在找不出什么曲子能配合这个味道。所以选择了舒伯特的《小夜曲》。"听她弹完这首轻快而又略带抒情的钢琴曲后，我拿了前儿朋友才从韩国带回来的牛奶香橙夹心巧克力递给可心："牛奶的抒情配合橙子的欢快，对于这首《小夜曲》来说是最好不过的。而比利时巧克力中所含的牛奶和糖非常多，又甜又腻，你不觉得它很适合表达爱情吗？而且是热恋。"

转眼两年过去，可心决定报考幼教专业。幼教专业在考试时有一项是才艺展示，可心自然选择了钢琴。我让她准备四首曲子，最后选出一首弹得最好的。而这次在选曲上，我又故意给可心增加了难度："两周准备时间，巧克力

巧克力上的钢琴曲

自选,曲子自选,但你还是要弹出四种不同'口味'的曲子。"聪明的可心经过这两年的锻炼,对于选曲已经能做到游刃有余。再次见她时,她分别弹了代表摩卡杏仁巧克力的《秋日私语》、榛仁葡萄干巧克力的《树下乒乓》、丝滑牛奶巧克力的《月光奏鸣曲》以及代表奶香白巧克力的《梦幻曲》。

巧克力看似与钢琴曲是两个毫无关系的个体,但钢琴曲的创作源于生活中点点滴滴的细节感受。开心时,你可以吃巧克力,也可以用乐曲表达自己的感情,心情不好的时候也是一样的。还有一个多月的时间可心就要带着那首《月光奏鸣曲》进行幼教考试了,我自然是希望这个从巧克力当中获得钢琴灵感的姑娘顺利通过。

如果你也是音乐圈中的一分子,不妨同我们一样,将你最喜爱的事情与你的音乐结合起来,诠释出这世上最动听的音符。

2012 年 11 月 16 日

红指甲

前几日,我与闺蜜一同去美甲店,本想着做一手浅金色的指甲,因第二日的聚会我会穿相同色系的衣服出席。美甲师看着我的手,强烈推荐了一款鲜红色的,犹豫之下,我同意了。

带着这双噬血般的双手,回到家已是子时。冷风呜咽地撞击着家中的窗户,怨女样地低诉。我换上前儿才买的艳红色丝绸睡衣,盘起披散的头发洗漱。小区又停热水了,我也懒得烧些热的,开着水龙头便将脸凑过去。已是十一

红指甲

月末，冰冷的水似是能穿透我的皮肤，我用染着红指甲的双手又接了些冰水朝脸上拍去。直起身子，镜中的我顶着一张毫无血色的脸，水珠顺着两旁的发丝由慢到快地向下滑落，滴在地面的瓷砖上，粉身碎骨。

我听见家中有高跟鞋"咯噔咯噔"地踩着木地板，"嗒""嗒""嗒"地渐渐从卧室沿着走廊来到客厅，而后再无动静。卫生间的门是关着的，但从里面朝客厅看去，那里立着一个女人的身影。我很纳闷儿，这个家怎么会有别人呢？摇了摇头，我将保湿水倒在手心里，朝着脸上拍去。忽然左侧脸隐隐作痛，我将那双染着红指甲的手放下，镜中的我脸在流血。再伸出手瞧瞧，左手的食指上仍挂着血迹。"不就给你染了个鲜红色嘛，可真就要噬血啦？"我自言自语地看着那只手。

卫生间的门忽然自己开了一条缝，我并没有在意，而是继续用那双染了鲜红色指甲的手在脸上拍打着、涂抹着。

"以前我也有着和你一样的红指甲，但那个狠心的男人剁掉了我的双手。他把我的手就藏在这间房子里，呵呵，不过他已经不在人世了。我那染了红指甲的手将他开膛破肚，我那长长的指甲顺着他的咽喉轻轻划下，鲜血就汩汩地流出。我的指甲开心极了，它们一点点地切开那表皮和纹理分明的鲜嫩的肉……"一个女人低沉却又极其刺耳的声音从客厅传来，她是在对着我说话，没错，是我。刚才的高跟鞋声也是她发出来的。

我伸出自己那双鲜红的手，手上的血迹格外刺眼。镜中泛着红光，那是我的红色睡衣和红指甲，还有左脸上正在向下淌着的、流动着的鲜血。那高跟鞋的声音再次响起，一步，一步，朝卫生间的方向走来。我惊恐地站在原地，我想逃走，可是我的腿却不听使唤。我听见一只手抚在门把手上的声音，她要进来了。她要来抢走我这双鲜活的手了。

"发什么呆？回来晚了就赶紧洗洗睡觉去！啧啧，瞧瞧你那指甲，真吓人！"老娘一句唠叨，打破了我所有的幻想。

我的红指甲，这是我第一次染红指甲。

2012 年 12 月 1 日

这一夜,舒伯特与我为伴

　　房间静谧若水,未拉实的窗帘将窗外的夜色遮掩得隐隐约约。夜,总不是黑的深沉,泛红,又或带些灰蓝色。

　　可能心里有些小小的躁动,从九点半的广播节目开始便睡了,四个小时后从半梦半醒中睁开双眼,耳朵里还塞着电台主持人顿挫的解说。细听,原来是在讲述伟大而又穷苦的音乐家舒伯特。

　　《摇篮曲》在回荡着,却如何也没有了半点儿困意。我不知这个节目是什么,也并不知是几点开始的,但就是那么静静地听，与主持人一同分享着舒伯特的音乐世界。或许夜晚的我应该是寂寞的，沉迷于广播节目，沉迷于主持人各种风格的说辞，沉迷于在轻松的状态下学到不同类别的知识。黑夜的力量是那样庞大，它可以带来一切，亦可以覆盖一切。

耳边舒伯特的《小夜曲》孤独地播放着，让我不禁想到了白居易的《琵琶行》，他在其中描述偶遇的琵琶女的琴声："弦弦掩抑声声思，似诉平生不得志。"对于舒伯特而言，也是恰到好处的。只是遗憾于两者没有相见的可能性罢了。如果白居易能够与舒伯特结为知交，他的诗应该会写得更绝吧？因为李斯特曾称舒伯特是"前所未有的最富诗意的音乐家"。

说到音乐，我可以滔滔不绝。但却并不是针对于流行、摇滚等，而是雅致的古典音乐。听音乐是在享受一种极度放松状态下的心情，那一瞬间，你很满足。初听舒伯特的《音乐瞬间》，我还只是一个毛头孩子，但当时的感觉现在尚能记得。那是怎样的音符组合啊？像电视剧中打仗时冲锋陷阵的背景音乐，又如草原上狂放不羁未接受驯化的野马，还似中华大地上那滚滚流淌着的母亲河。直到初中反

这一夜，舒伯特与我为伴

复地练习这首曲子时，才明白音乐的瞬间在于宣泄，宣泄出心中所有的不快与苦难，你便真的满足了。

其实生活中有很多美好的瞬间需要我们去留意，但就在这个一不留意的瞬间，耳边的优美已转为了轻快，舒伯特的代表作钢琴五重奏《鳟鱼》迈着欢快的脚步与我问好。这是从小学一直到高中的音乐课本都会介绍的曲子，而我却从来没有完整地听过，就算是现在，它的开头还是被我的一不留意给擦了去。

一首曲子没有完整地听过，却也并不代表听不到它的绝妙与完美。就如其二十五岁的作品《未完成交响曲》，只有仅仅的两个乐章，许多人试图为它续曲却都不尽如人意。未完成而终的曲子完美于善始善终，这不得不叫人赞叹。

当我蹑手蹑脚悄声地觅些水进到房间时，再塞上耳机，已成了许茹芸的《独角戏》。虽说也是经典，可之于舒伯特，她却过于黯淡了。索性关掉广播，做个为国家节约用电的良民吧。

又是一个不眠夜，幸而有舒伯特的陪伴，令我舒心。

2009 年 7 月 15 日

好　色

以色事人，能得几时好？

这里的"色"并非指年轻姣好的容貌，而是色彩。套用汉武帝小老婆临终前的一句话"色衰而爱弛，爱弛则恩绝"，这色彩也是同样的道理，尤其对于女人来说，万万不可失"色"！

中华民族是世界上最早懂得使用色彩的民族之一，而传统色彩文化亦是中国传统文化中不可缺少的组成部分。古时最早以白、青、黑、红、黄五色为正色，分别对应五行中的金、木、水、火、土，随着时代的发展，这五色又被细分为大约一百六十种颜色，并根据其来源与典故，附上了动人的名字。

年纪轻的小姑娘大多喜欢淡粉色，其实淡粉色在古时被称作"妃色"。妃色较绯色更淡雅一些，常常被用来形容女孩子微微泛红的脸颊，就像唐玄宗眼中醉颜满面的杨贵妃。这妃色从古至今都是颇受欢迎的，古代的闺中小姐大多喜欢穿此色的服装，而在现代，许多双鱼座幻想派的姑娘更是将妃色视若珍宝。与娇羞可爱的妃色相比，性感的天蝎女则适合神秘的烟煤色。烟煤色是黯淡无光的深黑，《史记》中便有"黯然而黑"的说法。远古时期，夏朝人以黑为贵，凡是重要的场合都会用黑布置。秦朝亦是，上到帝王下至百姓皆着黑色服装。这倒令人不敢去幻想当时那个场面了，满朝文武，黑压压一片，外加上残酷的刑法以及君王的暴政，可真真是压抑万分。

蕙质兰心的薛宝钗时常穿着蜜合色的服饰，这种颜色黄白相混，用来表达双子女的性格再合适不过。黄色有明快聪慧之意，白色则象征纯洁平静，双子女分裂的双重性格正与微黄偏白的蜜合色对映。然而系出同门的秋香色却像极了摩羯女，秋香色又称"湘色"或"香色"，是一种以黄色为主导的浅黄绿色，常给人一种温和内敛、稳重平和的感觉。秋香色这个名字虽让人听起来女里女气，但它在清朝中期却是象征着富贵与地位，皇太子的朝衣服饰皆选用秋香色，想来是希望这些未来的天子在成为人上人之前能够平心静气、韬光养晦吧。许多人认为，黄色给他们一种光明快乐的感觉，没错，这样的黄色被称为"樱草色"。樱草花的花心为黄色，又带有零星的绿色成分，很适合单纯活泼又喜欢玩暧昧的水瓶女。

不过说到活力十足，又有哪个星座能比得过白羊座？你可能会认为我将用珊瑚红、石榴红、豇豆红又或者是砖红、朱红、银红、杏红来代表白羊座，可惜红色系完全不在我的考虑范围内。这世间有一种颜色，它光润清新，耀眼又独具生命力，好似春雨洗刷后呈现出的一片盎然，它便是油绿色。清代咸丰与同治那会儿，赶时髦的姑娘小伙儿都将油绿色使劲往自个儿身上贴。同属绿色门派，秘色却与油绿色大相径庭。这秘色听起来好似脑中全无概念，其实说白了就是青瓷色，因吴越那会儿掌权者专门烧制一种瓷器用来供奉，其器秘不示人而得名。秘色常给人一种沉稳保守、固执却又时刻充满希望的感觉，将金牛女的内心世界表露无遗。

不知各位爱看宫廷剧的姑娘们是否注意到这样一个特点：凡是手持凤印掌管六宫或正蒙圣宠的女人在日常生活中总会穿一身海棠红的袍子出镜。海棠红呈淡紫红色，比于桃红色又更深一些，却也不似枣红或殷红那般不清澈。它就像狮子女，妩媚而艳丽，无形中彰显着一股子霸气。然而看惯了后宫那些华丽娇艳的女人，皇帝偶尔也会换换口味吃吃素，这就有了当年大明湖畔的夏雨荷，玉脂白一样的处女座女人。玉脂白是一种素色，象征着纯洁质朴，拥有良好的道德修养，亦有心思缜密的意思。

光绪时期的潮流色彩为青莲色，它比红色多了一分含蓄，也比蓝色多了一分温婉，介于红蓝之间，似天秤女左右逢源，却也犹豫不决；带有紫色的蓝色被称为琉璃色，有着射手座那种自由自在无拘无束的感觉；同属蓝色系的鸦青色与巨蟹女相同，都给人安稳包容的感觉，若是能配以鹅黄色或樱桃红来装扮，那便是再美不过的。

2013 年 7 月 28 日

柬埔寨的"脏"娃娃

行李箱中装着三双精美的高跟鞋,银白、宝蓝以及正红,它们干干净净地睡在那里。行李箱中还装着一双沾满尘土和泥巴的破旧拖鞋,它虽然脏,却骄傲地对其他三双鞋说:"嘿,这趟旅行你们什么都没有瞧见,终日被锁在酒店的箱子里。可我不同,这些天我跟着主人走了柬埔寨暹粒的很多地方。"我将那双拖鞋从袋子中取出,细心地清洗。

这是怎样的一趟旅游?每天顶着火热的太阳在丛林里

柬埔寨的"脏"娃娃

穿行,在一座又一座相似的石头建筑中爬高上低,被各类不知名的蚊虫视为盘中餐,或者被一群黑黝黝脏兮兮不穿鞋子甚至不穿衣服光溜溜地从你身旁跑过的小娃娃们缠住……那群小娃娃们睁着大而黑亮的眼睛,向我伸出黑黑的小手,他们抬头看着我,对我天真又善良地微笑,口里念念有词:"姐姐好漂亮,姐姐好可爱,能不能给我一个糖果?"

有很多朋友问我,柬埔寨是否好玩儿,是否值得一去,我答:"不算好玩儿,但很震撼。"视觉上的震撼是那些雄伟的吴哥古迹,而心灵上的震撼却是当地那些光着脚丫子的"脏"娃娃。临去柬埔寨前,导游打电话让我们准备一些糖果和文具,说是当地有很多生活贫困的小孩子,随时碰到随时可以发给他们。我没有什么概念,但依旧照做。

在柬埔寨暹粒的第一个早晨,我们去大吴哥古迹。大巴车开得极其颠簸,一路上驶去,漫天飞土。路两旁粗壮又戳着天顶的大树密密地排列着,星星点点的小房子坐落在丛林之间,原始而淳朴。当地导游陈叔说,路边时常可以看到许多小猴子,它们是不怕人的。于是,我扒着窗户,专注地望着路边寻找柬埔寨的猴子。

"那个是不是？"我叫起来，指着窗外。

"那个是人啦……"陈叔憨憨地笑我。

"不会吧，你说那个头上生着杂乱毛发没穿衣服却在丛林土堆中乱爬的黑乎乎的家伙是人？你确定不是一只生出来不久的猴子？"我惊奇地看着陈叔，满脸质疑。

"哈哈，我们这里对小孩子实行放养式管理，哪像你们，从小被抱在怀里捧在手心，冷了不行热了也不行。"

来到目的地巴戎庙，我从车上下来后踩在大片的红土地上，没走几步鞋子和脚便蒙上了一层土，我皱皱眉看了看自己脚上那双金色的拖鞋，在心中抱怨："什么鬼地方！"看到我们一行人下车，不远处跑来三四个小孩。其中一个女孩子穿着破旧的布裙子，头发像是许久未洗过，一缕一缕地披在肩头。还有个小小的男孩子，穿着一件不合身的大T恤，衣服盖住了膝盖。这些小孩子清一色没有穿鞋子，我低头盯着他们被红土包裹着的小脚丫，那些脚丫上的指甲盖是灰黑色的，脚背上还生着红土盖不住的疮一样的斑驳。我从包中拿出几个棒棒糖发给这些小孩子，他们生涩地笑着并小声对我说"谢谢"。

柬埔寨的塔普伦神庙是《古墓丽影》的拍摄地，这里

柬埔寨的"脏"娃娃

有着古老参天的大树，它们的根深深地植入庙宇的墙壁中，将那墙壁生硬地扯开一道裂痕。不过半个钟头我便将这座阴森古旧的寺庙转了个遍，于是背着相机走上街道。只是刚刚出来，我便被一个背着纪念品的当地小女孩缠住了。她大约五六岁的样子，睁着大而圆的眼睛眼巴巴地望着我，右手从她身上的筐子里拿出一套明信片递到我面前："漂亮姐姐，买一套吧，三美金。"

我没有说话，停下脚步看了看她筐子中的明信片。随后朝她摆摆手，转身欲走。小女孩三步并作两步追上我，用乞求的目光仰望我："两美金，姐姐，两美金买一套，有十个。"我并不理会她的纠缠，继续向前走。小女孩大概伴我走了两百米左右，最终价钱跌至一美金（大约六块人民币）。我熬不过她的纠缠，于是再次停下脚步，指着她筐子里的线编手链道："那你送我一个手链，我就买你的明信片。"小女孩面露难色地摇摇头，像是没听懂的样子，于是我拿起一袋明信片，又拿起一条手链慢吞吞地吐字："这个，这个，两千柬币（大约四块人民币）！"小女孩这下明白了，激动而又吃惊地对我连忙摆手："不行！不行！"

我退了一步道："那就五块人民币吧。"

她回答:"这个和这个,十五块人民币!"

"你这也太贵了吧!不买了不买了。"我假装要走,小女孩又上前一步拦住我,伸出两只黑乎乎的指头:"两美金。"

"一美金我就买!"

我将一套明信片和手链得意扬扬地放在包里并掏出一美金塞给小女孩,她拿着钱双手合十,对我鞠了一躬道:"谢谢姐姐,你的鞋子好漂亮。"我看了看自己脚上布满灰尘的金鞋子,愣了片刻,我原想着像我这样小市民般地在人民币、柬埔寨币和美元的汇率中投机取巧地与她杀价,她心里铁定不舒服,但她却依旧礼貌十足地对我道谢,这让自认为占足便宜的我竟从心底生出一丝愧疚。我让小女孩等等,从包里翻出一支铅笔和尺子送给她,她连忙道:"谢谢你,能不能再给我两个,我还有妹妹。"我翻出两支签字笔给她,她开心地接过再次道谢后,背着一筐小东西跑开,留在我视线里的只有一双沾满尘土的双脚。

我们随着陈叔来到柬埔寨的著名景点洞里萨湖,湖面上漂着许多大小不一的船只。其中有学校船、超市船、寺庙船等等。每个家也是一只船。湖上的居民有的一辈子也

柬埔寨的"脏"娃娃

没有上过岸，他们喝的是那黄褐色的湖水，洗澡也用这些水，大小便在水中，烧菜做饭也用此水。陈叔说："这些居民都已经习惯了，清晨起来蹲在船边用湖水洗脸时，邻居家的便便漂过来他们也不会感到惊讶。"我举着相机靠在游船边上，从镜头中看到几个光溜溜的小男孩从船上跳进那黄褐色的湖水中嬉戏打闹，他们脸上的开心并不输于那些有车有房生活富裕的人。

"一二三，茄——子，我爱中国，我爱北京，我爱天安门，我爱广州，我爱上海，我爱成都，我爱西安，我爱柬埔寨人，我爱你……姐姐好漂亮，姐姐好可爱，哥哥好帅……"这一串勉强称得上是顺口溜的段子深深地刻在了我的脑海中，虽然这些孩子并不清楚他们说的是什么意思，也不知道这些地方在哪里。在柬埔寨的最后一天，我们随着陈叔去了崩密列——"红色高棉"的根据地。崩密列是一座小吴哥窟式的寺庙，它的意思是"荷花池"。这里不属于常规的景区范围，因为寺内杂草丛生，寺庙大面积坍塌，一片荒凉。然而就在这丛林里的废墟中，却四处奔跑着一群生机盎然喊着顺口溜的"脏"娃娃。

相比较来说，崩密列算是一个攀爬起来较危险的景区。

时而踩着临时搭建的木板向上攀爬,时而又从大块大块的石头上跳下来,或者还要打开手机上的灯光照亮前方山洞里的土路。这时候你不需要害怕,因为身边会有当地没鞋穿的小孩子护着你,并告诉你"小心台阶""低头""前面有树枝"……那些小孩子像人猿泰山般,轻巧地从这个石头跳向另一个石头,拉着头上的树枝轻轻一荡,身子便灵活地跃了下去,看得我心惊胆战却也目瞪口呆。当我顺利游览完这些坍塌的文化时,当地的小孩子便会围上我齐声喊着那段顺口溜。我知道,他们是在要糖果或者小费。

大约七八个孩子,他们齐齐地排列开,声音洪亮地表达着自己对我们的喜爱之情。我问陈叔:"这些话是他们的父母或学校教的吗?"

"不是的,都是游客教的。北京来的就教一句'我爱北京',西安来的就教他们'我爱西安'。"陈叔哈哈地笑着,顺手轻轻地揉了揉一个小孩子沾着尘土的头发。

"我爱人民币!"我对着那些说顺口溜的孩子们喊着。

"我爱人民币!"他们异口同声地学。

"我爱美合子……"我从包中拿出一大把糖果分给他们,又犹豫地再次开口。

柬埔寨的"脏"娃娃

"我爱美合子!"几个孩子放大分贝喊出了这句话,那些话横冲直撞地回荡在丛林中。

我趿拉着脚上那双已被尘土掩盖得看不出颜色的鞋子离开这片废旧的石头堆,在我的身后,太阳渐渐下沉,橙红色盖住了整个崩密列。我仍能听见那段熟悉的顺口溜,顺口溜的主人们都有着一双沾满尘土却行动轻巧的双脚,他们不穿鞋子但穿着烂了窟窿且不合身的衣裤。他们是柬埔寨的"脏"娃娃,能够发出世界上最干净、纯洁、动听声音的"脏"娃娃。

2014 年 2 月 21 日

闻香识女人

　　一袭经典的黑色深 V 绸缎长裙，高而细的鞋跟，精致的妆容，伴着极度性感而又致命的味道出现在众人眼前，想必这样的场景是每个女孩都幻想过的。可可·香奈儿说："不喷香水的女人没有未来。"

　　忘记时光，却忘不了余香。在我们的所有感官中，嗅觉记忆是很长久的。自打十四岁开始用香水至今，在我的嗅觉记忆里出现过次数最多的还要数 Chanel 的"可可小姐"。我的母亲曾经非常喜欢这款东方花香调的香水，但当时的我总觉得"可可小姐"过于甜腻，味道奇怪。我始终认为，母亲用的香水闻起来应该有一股子"老女人"的味道，沉稳且带有魅力的、性感并具备挑逗气息的，比如Lancome的"璀璨红情"、Elizabeth Arden的"第五大道"、Cartier的"挚吻"、Montblanc的"传奇"以及Prada的"卡迪小姐"。我的闺蜜米儿也热衷于"可可小姐"，每当和我逛街时，她总是优雅地挎着小包，一身鹅黄色蕾丝连衣裙，清新娇艳。然而有些时候，她也会穿黑色的连体衣，换用Dior的"毒药"，展现轻熟女的柔媚与自信。乘坐无人的电梯时，时常能够闻到一阵熟悉的"可可小姐"香水味，我便会忍不住幻想方才电梯里女人的容貌。

人间有味是清欢，法国Marina De Bourbon的"白百合"香水，拥有细致、敏锐、简洁以及慢热的味道，这是我十四岁时拥有的第一瓶香水，亦是至今最爱的一款。三角形的瓶身上印着一只紫色的蝴蝶，百合花与蝴蝶之间的依恋，令我这个处在青春期的姑娘就此动心并专情。那时候还在上初中，校规严格，我不敢张扬地在手腕以及耳根处擦香水，否则班主任可能会拨电话急召我那穿着紫罗兰色套裙的母亲去办公室唠唠嗑儿。于是，我将香水洒在一条浅黄与纯白相间的丝巾上，哪怕穿着宽大丑陋的校服也要系丝巾。最终班主任还是一通电话召来了我的母亲，我就像被判了死缓一般，跟在母亲那栗色大波浪的头发后面。母亲果然穿着一身高贵优雅的紫罗兰色套裙，脖子上系着一条淡粉色质地极好的丝巾，然而她没有用那款我闻腻了的"可可小姐"，改用了 Givenchy 的"粉红魅力"。班主任批评我只知道臭美打扮，并且告诉我，穿校服坚决不可以戴丝巾，剩下的话则气势汹汹地传进我的左耳又连滚带爬地奔出我的右耳。然而我的心思只在那瓶"粉红魅力"上，五种玫瑰的融合，整个空气中都弥漫着高贵优雅的气息。

刚入高中时，"白百合"用完了，于是换了 Burberry 的"风格"。香水中舒服的莱姆、冰梨与坚果的混合气息，让我甚至忘记了春天的模样，年轻中带着俏丽与尊贵，一路走过，留下绵延不散的香气。后来还用了一周 Kenzo 的"一枝花"香水，那是我闻过最像婴儿爽身粉的香水，每每用它，我脑海中都会浮现出自己幼儿园时身上起了痱子，父亲用粉扑沾着那白粉扑满我的脖子、胳肢窝以及腿根儿，接着我就四仰八叉地穿着背心和小裤衩躺在床上吹风透气。最初我是被那印着一支火红罂粟花的倾斜透明瓶身所吸引，晶莹剔透中传达出罂粟花既纤细又坚强、既简单又优雅的形象，而设计师的理念更加诱惑人，他说："人生高高低低，几多起伏，总要以最美的姿态来展现出最傲人的勇气。"我觉得这种让我想起爽身粉以及穿着背心小裤衩的自己的香水简直糟透了，它根本不像介绍的那样好。十七岁的生日，收到了一款散发着永恒的优雅气息并透着清新与花香味道的香水，那是 Versace 的"粉红晶钻"。瓶身有着饱满而又奢华的设计，优雅的水晶瓶盖宛如一颗耀眼绚丽的钻石。我始终认为，这样的香水一定是出席隆重场合的香水，那钻石般切面的造型象征着诱惑、感性、迷人、大胆且煽情。

当我漫步爱情花园时，每一朵花都散发着甜蜜，然而令我印象最深刻的却是花间忽然蹦出来的小精灵咬了手指，这才是我认为独一无二的爱情，香水也是如此。当有一天，我期待的那场命运般的邂逅终于发生时，我会穿上能够标记出独一无二的自己的味道抓住这位真命天子，时而甜腻，或加点儿辛辣，爱的味道让我温柔、任性又或者颖慧。

与最亲爱的闺蜜米儿、黄儿相聚一起，在蓝调的音乐中随意地聊天，香槟的泡泡一颗一颗地爆裂于空气中，透出丝丝醉人的香气。虽然我们每个人性格不同，黄儿犹如喷洒过 Lanvin"光韵女士"的四月樱花，柔顺内敛中透着一丝淘气；米儿好似一勺注入 Roberto Cavalli 的"蔚蓝之水"的奶油，活力高贵中尽显都市女性的独立。我呢？我依旧钟情于"白百合"带来的独特气质与优雅。不同的女人喷着各自的香水，我们凑在一起便混合出了最迷人的芬芳。

春季的午后，安静地在焦糖拿铁回旋上升的香气中读一本有品位的书，或是懒懒地坐在太阳下随意地消磨这温暖的时光，在舒适怡人的幽香中放轻身体，放空头脑，伴着那属于你的香水，物我两忘。

2014 年 2 月 7 日

后 记

弹奏青音的味道

眼看着就快到二十岁了,总觉得作为女孩子应该送自己一份像样的礼物来纪念这个由一变为二的日子。《青音》文集,便是最好的礼物。

我还记得,大约在自己四岁的时候就有了很坚定的目标:一名优秀的服装设计师。因为这个目标,我在小学时开始学画,但同时又受到极度热爱古典音乐的父亲的影响,学习了电子琴和钢琴。鱼和熊掌总是不可兼得,无论是画画儿还是练琴,都需要大量的时间,然而最终,我舍弃了画画儿。舍弃画画儿并不等于舍弃色彩,就像不弹琴并不代表心中没有旋律一样。

青色,介于理性的蓝色与梦幻的紫色之间。我喜欢用蓝色去形容散文,因为它总是真实多过虚假,理性胜于感性。小说则是紫色,一切美好的、梦幻的、人们所期望的,当灵魂进入到一篇小说中时，头脑里好似蒙蒙眬眬地泛着淡紫色的光晕，虽然知道那是幻象，却常常不愿叫醒自己。

我选了青色去概括这样的现实与幻境，对于小说与散文，同样用音乐的节拍也可以恰当地去描述它们。

四三拍，首先你会想到圆舞曲。华丽优雅又或者悲凉曲折，这不正好是给小说穿上了一件剪裁合体的外衣吗？四二拍呢？大多会让人们想到小步舞曲吧！轻快又细腻地记录着现实中的点点滴滴，在钢琴上敲下的每一个音符都散发着散文的生活气息。

我时常开玩笑道："散文是我的必需品犹如老公，小说则是奢侈品就像情人。"生活中不能缺了散文，它是柴米油盐，是练笔的关键。倘若有灵感写出小说，那便更好，它是香水、口红、高跟鞋，是午后暖阳下一杯焦糖拿铁配上一块蓝莓芝士的情调，它使得生活更有味道。

《青音》，青春的、青涩的声音，理性色彩与感性色彩相碰撞的旋律，记录一个姑娘十五岁至十九岁敲出的乐章。

写于2013年8月25日午后　青音阁